KB275782

선우 명수필선 ⑬

꽃과 별의 만남

—이것이 여성수필이다—

황필호 수필선

선우미디어

꽃과 별의 만남 : 여성수필의 필요성

모든 꽃은 아름답다. 호박꽃도 아름답다. 사랑도 아름답다. 첫사랑 뿐만 아니라 짝사랑도 아름답다. 그러나 모든 꽃은 곧 시들게 마련이다. 화무십일홍(花無十日紅)이다.

사랑도 곧 사라지게 마련이다. 사랑하다가 헤어지기도 하고 죽음 때문에 헤어지기도 한다.

모든 꽃은 땅 위에 핀다. 공중에 매달린 꽃은 진짜 꽃이 아니다. 사랑도 지상(地上)에서 일어난다. 영원한 사랑은 이상일 뿐이다. 그리하여 어느 시인은 "백년을 가는 사람 목숨이 어디 있으며, 50년을 가는 사람 사랑이 어디 있으랴?"고 노래한다.

별은 하늘에서 빛난다. 맑게 개인 날 밤에는 언제나 빛난다. 별은 땅에 있지 않고 천공에 달려 있다.

철학은 빛나는 별이다. 지상의 현실보다는 하늘의 이상을 비쳐 주는 밤하늘의 별이다. 마음의 검은 구름이 없는 사람은 언제나 바라 볼 수 있는 별이다.

지상의 꽃과 밤하늘의 별은 고요한 밤에 은밀한 언어를 속삭인다. 별을 보지 못하는 꽃과 꽃의 향기를 외면하는 별은 외로울 뿐이다.

이와 마찬가지로, 사랑과 철학은 서로 만나야 한다. 철학이 없는 사랑은 곧 사라지게 마련이고, 사랑이 없는 철학은 지적인 자위 행위가 된다.

이 책은 아름다운 꽃과 빛나는 별에 대한 책이다. 아름다운 꽃과 같은 사랑과 빛나는 별과 같은 철학의 만남을 시도한 책이다. 정열적으로 사랑하면서도 자신의 철학을 가지려고 애쓰는 사람들과 철학을 하면서도 사랑을 잃지 않으려고 애쓰는 사람들의 조그만 길잡이가 되기를 바란다.

1999년 9월 9일 황필호

* 이 글은 황필호, 『철학적 여성학』(종로서적, 1986)에 실려 있는 것이다.

3. 왜 '아니오'라고 말하는 여자가 좋은가

1.

모든 사랑은 첫사랑이다

나이와 골동품

골동품은 시간이 지날수록 값이 나간다. 그러나 여성은 나이가 들수록 값이 떨어진다는 것이 일반적인 견해다. 그래서 23세 전후의 여성은 골드, 25세가 지나면 실버, 30세가 지나면 브론즈라는 말도 있다. 이런 식으로 나가면 50세가 지난 여성은 깡통이 될 것이다.

생리적으로 보면 이런 주장에 전혀 근거가 없는 것은 아니다. 사람에 따라 차이가 있겠지만 대개 여성은 20세를 전후해서 절정을 이루며 그 다음부터는 피부가 더욱 윤택해지지는 않는다.

그래서 젊었을 때는, 화장을 하면 해서 예쁘고 하지 않으면 안 해서 예쁘다. 그러나 50세가 지나면 화장이 좀 짙어지는데, 그 이유는 주름살을 숨기려는 것이다.

모든 물건이 시간이 지나면서 점점 값이 올라가는 것은 아니다. 오히려 가전제품 같은 것은 신형일수록 성능이 좋고 인기가 있으며, 아무리 좋은 것이라도 낡으면 쓸모가 없게 된다. 헌 자동차도 마찬가지다.

물건 중에서는 시간과 더불어 그 가치가 올라가는

것도 있다. 그래서 값이 점점 떨어지는 물건을 오랫동안 버리지 못하는 사람, 그리고 가지고 있기만 하면 값이 올라갈 것을 곧 싫증느껴 버리는 사람은 바보가 된다. 반면 그렇지 않은 사람은 일확천금을 얻을 수도 있다. 요즘 당국의 단속에도 불구하고 극성스럽게 땅투기가 유행하는 이유도 여기에 있다.

사람도 다름이 없다. 시간이 지나면서 값이 올라가는 사람이 있는가 하면 점점 내려가는 사람도 있다. 알버트 슈바이쩌 박사가 전자에 속한다면, 한때 유명했던 연예인의 비참한 말년은 후자에 속한다.

육체에 관한 한 여성 뿐만 아니라 모든 사람의 기력은 점점 쇠퇴하기 마련이며, 그래서 '시간은 약'이 아니라 '시간은 병'이 되기 마련이다.

아무도 늙음을 배척할 수 없다. 영웅호걸도 언젠가는 죽음을 맞이하며 양귀비도 늙기 마련이다. 부처님이 인간을 태어남, 늙어감, 병, 죽음의 네 가지 고통으로 표현한 이유도 여기에 있다.

그러나 정신에 관한 한 인간의 가치는 자신이 스스로 결정한다. 여기에 바로 인간과 물체의 차이가 있다. 물체의 값어치는 시간을 역행할 수 없다. 골동품은 어차피 시간에 따라 값이 올라가고 자동차는 오히려 값이 떨어진다. 절대 거꾸로 나갈 수 없다. 그러나 사람의 정신은 시간을 역행할 수 있다. 사람은 시간이 지나면서 고물차와 같이 될 수도 있고 골동품과 같이 될 수도 있다.
　나는 자동차인가? 그렇지 않으면 골동품인가?

주례

나와 동년배가 되는 동료 교수들은 요즈음 주례 서기에 바쁘다.

그러나 나의 경우는 무조건 주례를 서지 않는 것을 원칙으로 삼고 있다. 물론 나는 국내에서 줄곧 살았던 다른 동료들보다는 제자들이 많지 않다. 그러나 대학 4년을 졸업한 다음에 열리는 사은회에서 "제가 결혼할 때는 반드시 교수님을 불러내고야 말겠습니다"라고 으름장을 놓는 학생들이 자주 있다.

내가 굳이 주례를 서지 않겠다고 고집을 부리는 데는 두 가지 이유가 있다.

첫째, 주례란 개인적으로 인격이 고매하고 사회적으로 존경을 받는 사람만이 할 수 있는 것이며, 또한 그런 사람을 주례로 모셔야만 결혼식의 가치가 더욱 돋보인다. 그런데 존경은커녕 매일 한다는 소리가 "나는 한 번밖에 결혼을 못 해봐서 별 경험이 없다"고 떠들고 다니는 내가 어떻게 감히 이렇게 중대한 일을 맡을 수 있겠는가. 자격 없는 사람이 자격있는 사람인 양 행세할 필요가 없다는 것이 나의 신념이다.

둘째, 나는 나의 나이가 60대 초반이지만 아직도 마음은 청춘이라는 환상을 가지고 있다. 시성 괴테는 60세가 훨씬 넘어서도 피서지의 옆집에 살던 20세도 되지 않은 아가씨에게 프로포즈를 했다고 하지 않은가. 물론 졸부에 불과한 내가 괴테의 흉내를 내려는 것은 아니다. 그러나 나는 아직도 새로운 사랑을 할 수 있다는 어리석은―극히 유치한―환상을 버리지 못하고 있다. 그러므로 내가 주례를 선다는 것은 3살 된 어린애가 아저씨로 행세하려는 것과 다름이 없지 않은가.

내가 첫 주례를 선 것은 40대 후반이었다. 내가 살고 있는 아파트의 경비 아저씨의 부탁을 거절할 수 없었던 것이다. 그분은 언제나 웃음을 가지고 아파트 주민들―말이 많기로는 둘째 가라면 서러울 사람들―을 대하기 때문에 누구나 호감을 가지고 있는 경비 아저씨였다. 그 아저씨의 아들이 또 어느 은행의 경비원으로 일하는데, 결혼을 한다는 것이었다. 물론 나는 첫마디에 거절했다.

"선생님이 안해 주시면 저는 아는 사람이 없습니다."

"네?"

나는 그분의 눈동자를 잊을 수 없었다. 도대체 저 사람은 얼마나 절실하기에 나같이 하찮은 사람에게 이렇게 중대한 임무를 부탁했을까. 그럼에도 불구하고 돼먹지 않은 나의 신조를 핑계로 거절한 나는 과연 얼마나 훌륭한 놈이냐. 나는 과연 나의 도움을 필요로 하는 사람을 거절할 자격이 있는가.

"······ 저는 아는 사람이 없습니다."

그렇다. 아는 사람이 없는 사람에게 나는 아는 사람이 되려고 노력해야 된다. 그리고 도움을 필요로 하는 그분에게 내가 할 수 있는 유일한 길은 바로 이것 뿐 아닌가.

나는 원래 내 자신을 위해 하는 일에 대하여는 그리 두려움을 갖지 않는다. 내가 잘못하면 거기에 대한 대가를 내가 감수하면 되는 것이다. 그러나 다른 사람을 위하여 하는 일에 대하여는 실수를 하지 않으려고 극도로 신경을 쓴다.

나는 내 평생에 여러 가지 어려운 일도 많이 경험했다. 그러나 그 때만큼 사시나무 떨듯이 당황한 적은 없다. 더구나 체구도 당당한 신랑이 성큼성큼 걸어와서 나를 커다란 눈으로 직시하고 있는 것이 아닌가 그야말로 "신부는 주례를 사랑하느뇨?"와 같은 실수가 곧 입에서 튀어나올 정도였다. 도대체 왜 내가 허락을 했던가. 아무리 나 자신을 원망해도 이제 이미 때는 늦은 것이다. 웨딩 마치는 이미 울려 퍼지기 시작했던 것이다.

나는 이미 주례사를 마음속으로 준비하고 있었다. 신랑 신부를 한 번도 본 일이 없고 또한 그들에 대한 아무런 정보도 얻지 못했기 때문에, 내가 준비한 주례사는 극히 일상적인—그리하여 진부하기 짝이 없는—것이었다.

검은 머리가 파뿌리가 되도록 잘 먹고 잘 살아라.

남편은 아내를 사랑하고 아내는 남편을 존경하라.

윗사람을 공경하라.

국가와 사회의 큰 기둥이 되어라.

그리고 공사다망하신 중에도—이것도 또한 진부한 표현 중에 하나이지만—이곳에 나오신 여러분은 오늘 새 가정을 이루는 신혼 부부에게 축하를 보내 주십시오,

사랑으로 서로를 이해하라.

이런 주례사는 이미 천리 밖으로 도망을 쳤다. 사람은 위급한 경우를 당하면 본성이 드러난다고 하던가. 나는 다시 생각했다. 정말로 내가 하고픈 이야기가 무엇인가. 연애결혼도 아닌 이 신랑신부에게 과연 '피가 되고 살이 되는 말'이란 무엇인가.

사랑으로 이해하라는 말은 쉽지만, 사랑이 어디 그렇게 쉬운 것인가. 그리고 상대방을 사랑한다는 감정이 24시간 계속될 수도 없지 않은가. 오죽 사랑이 힘든 것이면 기독교 윤리학자인 라인홀드 니버는 사랑을 '불가능한 가능성'이라고 했겠는가.

도대체 각기 다른 인생관과 세계관을 가진 사람들이 어떻게 서로 사랑할 수 있겠는가. 그리하여 우리는 부부란 백년을 살아도 남이라고 하지 않는가. 이렇게 복잡한 상념들이 내 머리를 오고가고 있을 때 나는 문득 이런 직관이 떠올랐다.

사랑하면 상대방을 쉽게 이해할 수 있다. 그러나 사

랑보다 중요한 것은 이해다. 저 사람이 나와 다른 인생관을 가진 사람이기 때문에 내가 생각할 수 없는 행동까지도 할 수 있겠지. 이렇게 부부간의 타인성(他人性)을 솔직히 인정하고 받아들일 수 있다면 무슨 말다툼이 있겠는가.

우리에게 가장 필요한 것은 상대방의 취미, 경험, 미래의 설계, 삶에 대한 태도를 그 사람의 입장에서 이해하는 것이다. 그러면 사랑은 자연히 따라올 것이다.

사랑으로 이해하고, 이해로 사랑하자.

자존심이 상할 때는 자존심으로 이겨라

부부싸움은 없는 것보다 있는 것이 좋다는 말이 있다. 극단적인 무관심보다는 차라리 싸움을 해서라도 관심을 갖는 것이 좋다는 뜻이리라.

그러나 알지도 못하는 여성과 결혼해서 아무런 심각한 생각도 하지 않았던 나에게 있어서 부부싸움은 그리 낭만적인 것이 아니다. 여자란 그저 해장국이나 잘 끓이면 된다는 극히 소박한—한심한—생각을 가지고 결혼을 하고 보니 골치 아픈 일이 한두 가지가 아니다.

신혼 초의 우리들의 부부싸움은 칼로 물베기가 아니라, 완전히 모든 것을 백지화시킬 수 있을 정도로 심각한 일이었다. 이런 경험이 있는 우리는 이제 되도록이면 상대방과의 다툼을 피하려고 노력하고 있다.

대부분의 부부싸움은 몰래 감추어 두었던 작은 마누라가 발각되어서 일어나는 것이 아니다. 극히 사소한 일이 시비가 되어 일어난다. 그 이유는, 그렇게 소소한 일이지만 본인의 자존심이—요즈음은 자존심을 '존심'으로 생략하는 경우가 있지만—상처를 받았다고 생각하기 때문이다.

"네가 그렇게 말할 수 있는 이유는 나를 시시하게 보기 때문이다."

"네가 그런 행동을 할 수 있었던 이유는 나를 남자로 혹은 여자로 취급하지 않기 때문이다."

"나는 자존심 하나 가지고 이 세상을 살아 온 사람이다."

"나를 뭘로 취급하느냐?"

대개 이런 말투로 시작된 부부싸움은 역시 두 사람의 프라이드의 싸움인 것이다. 차라리 물질적인 손해는 참을 수 있어도 인간적인 모욕은 참을 수 없는 것이 우리들의 참 모습이다.

부부싸움에도 여러 종류가 있고, 해결책도 그 종류에 따라 다르게 마련이다.

첫째, 그 당장에 끝장을 내려는 유형의 싸움이 있다. 언성을 높이고, 가구를 내던지고―대개 이런 경우에는 비싼 가구는 제외하고 값싼 가구만을 집어던지게 마련이지만―폭력이 난무할 수도 있다. 이런 유형의 부부싸움은 대개 옆집에 알려지게 마련이며, 아침에 출근하는 남성은 고개를 숙이게 마련이다.

둘째, 그 당시에는 꾹 참고 있다가, 그 날 밤에 술을 잔뜩 마시고 들어와서 다시 시작하는 부부싸움이 있다. 여성의 경우도 그 사건을 며칠간 꾹 참고 있다가 어느 시기를 선택하여 다시 재시합에 도전하기도 한다. 이런 경우는 첫 번째보다 결코 건전하지 않다. 그동안의 마음의 괴로움과 증오를 속으로 새겨야 되는 기간을 견딘다는 것이 결코 정신건강에 유익하지 않기 때문이다.

셋째, 친정집으로 도망을 가거나, 남성의 경우는 며칠씩 외박을 하는 부부싸움이 있다. 이런 유형의 싸움 아닌 싸움은 구체적인 실수를 몰고 올 수 있기 때문에 더욱 위험하다. '홧김에 서방질'해서 패가 망신한 경우는 우리들 주위에 얼마든지 있다. 극히 조심해야 될 유형의 싸움이다.

넷째, 그러나 내가 생각하기에 가장 지독한(?) 부부싸움은 겉으로는 정상적인 생활을 하면서도 절대로 입을 열지 않는 부부싸움이다. 차라리 대들고 시비를 걸면 속이 후련하다. 그러나 상대방이 굽히고 들어올 때까지 절대로 먼저 말을 하지 않겠다는 작전, 내가 꼭 너를 이기고야 말겠다는 작전, 가장 비열한 작전이다. 한 마디로 이것은 자존심의 싸움이다.

이 네번째의 부부싸움은 대개 다른 사람 앞에서는 아무런 일이 없는 양 행세를 하게 마련이다. 특히 처가나 시가의 친척들 앞에서는 도리어 금실이 좋은 양 행세를 한다. 그야말로 완벽한 연기를 할 수 있는 사람들만이 할 수 있는 싸움이다.

우리 집안의 부부싸움이 주로 네번째에 속하는 싸움, 말 안하기 작전이다. 그리고 그럴 때마다 먼저 기어들어가는 사람이 바로 남자라면 독자들은 어떻게 생각할까?

그날은 사정이 달랐다. 으레히 남 앞에서는 아무런

일이 없으려니 하고 친구를 집으로 초대했다. 그런데 이게 웬일인가? 나의 친구들에게까지 노골적으로 기분 나쁘다는 감정을 전달하는 것이 아닌가. 나는 요번만은 버릇을 고쳐 주기로 결심했다. 상대방도 결코 후퇴하지 않으려는 눈치였다.

"빨리 아침밥 주시오."

"……"

"와이셔츠는 어디 있지?"

"……"

"아이들은 어디 있지?"

"애들아, 아빠한테 가 봐라."

"이것봐!"

"……"

참으로 환장할 노릇이다. 학교에 출근하여 나는 곰곰이 생각했다. 말을 먼저 하지 않는 아내와 말을 먼저 해오기를 기다리는 남편의 차이는 무엇인가. 결국 똑같다는 얘기가 아닌가. 그렇다면 나는 나의 시시한 자존심 때문에 진정한 자존심을 지키지 못하는 것이 아닌가.

부부싸움은 빠를수록 좋다. 승자도 패자도 없는 싸움이다. 그러나 나는 이 싸움에서만은 꼭 이기고 싶었다. 나의 자존심이 아내의 자존심보다 높다는 것을 브여 주고 싶었던 것이다.

먼저 말을 걸자. 그리하여 완전히 KO로 전투를 끝내자.

"황 씨 고집이 강 씨 고집에 졌습니다."

강 씨 집안인 그녀의 눈에 눈물기 어린 미소가 떠올랐다.

그 날밤 우리들의 대화는 다음과 같이 진행되었다.

"내가 이겨서 미안하군."

"아니예요. 제가 부끄러워요."

"그런데 내가 죽기 전에 한 번만—그래 단 한 번만—먼저 기어들어와 주구려."

"글쎄, 나도 그럴려고 하는데, 막상 당하고 보면……."

웃음꽃이 피었다.

반성없는 싸움은 상처만 남길 뿐이다.

촛불 속에 비친 옛날의 촛불

11월이 시작만 되면 크리스마스를 기다리던 어린 시절의 낭만적 신앙이 사라진 지도 벌써 오래 되었다. 오히려 요즈음은 천당가기 위하여 교회를 다니거나 크리스마스 이브를 즐기기 위해 명동 거리를 헤매는 일은 한심한 짓이라고 생각하게 되었다. 또한 크리스마스란 어디까지나 서양의 명절이며 우리 나라 고유의 휴일이 아니라는 생각도 없지 않았다.

그러나 1977년의 겨울은 달랐다. 그때 나는 미국의 오클라호마에서 보내고 있었다. 지금은 이미 세상을 떠나신 홀어머님을 모시고 있었다. 매일 성서를 읽고 신앙으로 세상을 살아오신 어머님의 간청을 차마 뿌리칠 수 없었다. 물론 그것은 무언의 간청이었다. 마음속으로는 나이트 클럽에 가서 춤이나 추고 싶은 심정이었다. 못이기는 체 하고 그곳에 있던 한인 교회에 다라나섰다.

그래도 크리스마스라고 한복을 곱게 차려 입은 신도들이 몇몇 눈에 띄었다. 그런데 웬일인지는 몰라도 전교인에게 촛불을 들고 입장을 하라는 것이다. 제기랄,

내가 무슨 예수의 탄생을 알리는 천사라고.

나는 하는 수 없이 촛불을 들고 맨 뒷좌석에 섰다. 그리고는 무심코 들고 있던 촛불을 바라보았다. 촛불의 심지가 두 개로 변했다. 나는 눈물을 흘리고 있었던 것이다.

미국 생활의 마지막 크리스마스였다. 내년이면 고국으로 돌아가기로 이미 마음먹고 있었다. 참으로 고생으로 점철된 학창 생활이 파노라마처럼 지나갔다.

게다가 외아들인 나를 위해 저렇게도 슬프게 통곡하면서 기도를 하는 어머님이 측은하기도 했다. 참으로 인간적으로는 불행한 분이다. 청상에 과부가 되어 우리 사남매를 기르시느라고 얼마나 많은 고생을 하셨는가. 큰소리로 야단 한 번 치지 않으신 어머님. 어머님의 주름살이 촛불 속에 비쳤다.

또한 내 자신의 처지도 참으로 처량했다. 늦게 세상을 알고, 늦게 결혼해서 늦게 아이를 갖고, 늦게 공부를 한 지각 인생이었다. 더구나 교통 사고로 입은 상처는 이미 나의 허리통을 계속 괴롭히고 있다.

그러나 내가 들고 있던 촛불이 가장 나를 감동시킨 이유는, 나는 그 촛불 속에서 어린 시절의 크리스마스 촛불이 보았기 때문이다. 어린 시절 나는 이런 촛불을 들고 얼마나 경건하게 교회당에 서 있었던가.

마지막 심지가 타듯이 남에게 희생할 수 있는 삶을 살자. 작은 촛불이 온 방안을 비추듯이, 나의 적은 삶

이 전 세계를 비추리라. 이것이 바로 나의 옛날의 촛불
이었다. 나는 들고 있던 촛불 속에서 바로 이 옛날의
촛불을 보았다.

　감동적인 삶에 대한 새로운 회상. 잊혀진 기억의 되
살림. 촛불 속에 비친 옛날의 촛불. 되찾은 어린 시절
의 크리스마스.

　촛농이 흘러내려 손등을 태운다.

김장

아직 가을이 한창이다.

내장산에는 단풍이 절경이라는데, 어젯밤에는 내설악과 일부 산간 지방에 간간이 눈발이 날려서 벌써부터 우리 앞에 겨울이 성큼 다가선 것을 알려 준다.

가정주부에게 있어서 11월은 김장을 담그는 달이다. 겨울의 반(半) 식량이라고 하는 김장을 담그는 일은 주부의 대사가 아닐 수 없다. 묵은 김치 독을 씻어 내고, 배추를 들여오고, 무우 구덩이를 파고, 젓갈을 달이고, 양념을 버무리면서 일가 친척이 한 자리에 모여서 담는 광경은 한 폭의 그림과 같이 아름답다.

옛날에는, 부인네들이 김장 담그기에 분주한 시절에는 할아버지와 아버지는 바람막이 문풍지를 바르는 정겨운 풍경도 있었다. 그러다가 아직 끝나지 않은 새 김장을 반찬으로 먹던 쌀밥의 맛은 산해진미도 따를 수 없었다.

요즈음은 편리한 대용 식품도 많고, 물만 부으면 먹을 수 있는 일회용 음식도 많다. 더구나 서양식 습관을 따라서 아예 아침에는 빵을 먹는 집안도 많이 생겼다.

그러나 역시 한국사람은 김치를 먹어야 힘이 난다.

외국에 나가서 가장 생각나는 것이 김치라는 데는 이의를 제기할 사람이 없을 것이다.(하기야 요즘엔 라면 생각이 제일 난다고 말하는 젊은이도 없지는 않다.) 그 이유는 아마도 우리가 오랫동안 먹어 왔기 때문에 우리의 체질에 맞게 된 것 때문이리라. 그러나 그 많은 한국음식 중에서 하필 김치가 그렇게 생각난다는 사실은 확실히 김치의 친밀성이 타의 추종을 불허한다는 증명이 된다. 월남전에 참전했던 우리나라 군인들과 외국 원정에 나선 운동선수들의 경우를 보면 잘 알 수 있다.

김장에도 지방에 따라서 각기 다른 여러 가지 종류가 있다. 그리고 어떤 통계에 보면, 그 김장의 맛을 결정하는 것은 대개 그 집의—어머니가 아니라—아버지라고 한다. 아버지는 자기가 어려서 먹었던 김치의 맛, 그의 어머니가 만들어 주었던 음식의 맛을 잊지 않고 그리워하면서 그 맛의 전통을 고집스럽게 주장한다. 그리고 그의 아들은 다시 먼 훗날의 김치 맛을 그의 아버지로부터 배우게 된다. 이것도 남성 위주의 한국적인 풍속이리라.

그러나 나의 경우는 완전히 여성상위 시대어 살고 있다. 만들어 주는 음식을 그대로 먹고 지내기 때문이다.

마침 조간 신문에 5인 가족을 위한 김장값이 51,000원이라는 기사가 났다. 나는 아는 체를 좀 하려고 그

이야기를 아내에게 했다. 답변은 "그렇게 세상 모르는 소리는 하지도 말라"는 것이었다.

무우 56개, 배추 46포기, 고추 7,8근, 젓갈 1관, 생선 10마리가 51,000원이라는 내용이지만, 그 이외에 없어서는 안될 굴, 낙지, 깨, 소금, 생강, 파, 마늘, 미나리는 하늘로부터 떨어지느냐는 것이었다. 보쌈김치라도 하려면 필요한 밤은 빼놓는다고 하더라도.

역시 아는 체를 하려던 내가 잘못이었다. 그러나 따지고 보면 내가 무슨 죄가 있는가. 신문에 발표되는 내용이 현실을 그대로 반영하지 않고 있다는 슬픈 사실만이 그대로 남아 있다.

새 김치 생각에 입에 침이 고인다.

어머니

　　이별을 한 번도 경험하지 않고 평생을 사는 사람은 하나도 없다. 친구, 애인, 부모, 자녀, 고향, 민족, 조국 중에서 하나도 잃지 않은 사람은 아마 이 세상에 없을 것이다.

　　이별을 모르는 사람은 단지 이별을 뼈아프게 느끼거나 눈물을 펑펑 쏟을 정도의 감정이 없는 사람일 뿐이다. 낮이 있으면 밤이 있고, 청춘이 있으면 청춘의 사라짐이 있듯이, 만남이 있으면 반드시 헤어짐이 있고, 만난 사람은 헤어지게 마련이다. 그래서 옛사람은 회자정리(會者定離)라고 말했다. 인생이란 곧 이별의 연속이다.

　　그러나 이별이란 슬프고 괴로운 것만은 아니다. 사람은 이별을 통해서 다시 만나야겠다는 의지를 되살리고, 다시 만날 수 있다는 희망을 배운다. 만남이 있으면 반드시 헤어짐이 있듯이, 헤어짐이 있으면 다시 만남이 있다는 것을 배운다.

　　이렇게 우리가 오늘 잃어버린 행복을 내일 다시 찾을 수 있다고 믿을 때 사회 윤리가 생기고, 이 세상에서 헤어진 사람을 저 세상에서 다시 만날 수 있다고 믿을 때 종교가 생긴다. 그러므로 사람은 이별을 통해서 인생을 배우고, 이별을 모르는 사람은 진정한 인생이 아니라고까지 말할 수 있다.

　나에게도 여러 번의 이별이 있었다. 철도 들기 전에 돌아가신 아버지, 나를 무척이나 귀여워해 주시던 할아버지, 일찍 요절해 버린 청주고등학교의 유상현 동문, 자기의 여동생을 나에게 시집보내겠다고 고집을 부리던 군대 시절의 박명규 병장, 대학 시절의 친구 종달새 여인, 자동차로 멕시코를 여행하면서 야영을 했던 잭 사파릭, 그리고 몇 번씩이나 떨어져서 혼자 살도록 고생을 시켰던 아내.
　나는 이 모든 이별을 통해서 인생을 사색하고 인생을 배웠다. 나의 인생을 살찌게 한 것은 바로 이와 같은 이별이었다.
　그러나 나는 지금 정말 무서운 이별의 서러움에 몸부림치고 있다. 내가 이 세상에 태어난 이래 한 순간도 헤어져 본 일이 없었던 분을 이별한 것이다. 청상과부로서 4남매를 홀로 키워낸 나의 어머님이다.
　물론 나는 과거에 어머님을 떠나서 혼자 월남과 미국에서 산 일이 있다. 그러나 그것은 어디까지나 육체적인 이별이었으며 정신적인 이별은 아니었다. 어머님은 언제나 나와 같이 있었다. 바로 그 어머님이 외아들인 나의 간곡한 청을 물리치고 결혼한 여동생과 더불어 미국으로 이민을 떠났다. 잠시 다니러 간 여행이 아니라 아주 살기 위하여 미국으로 떠났다.
　어머님의 입장에서는, 미국에서 공부하고 학위까지 받은

외아들이 미국에 가서 같이 살자는 간곡한 청을 물리친 사람
은 나였을 것이다. 그리고 보면, 어머님이 나를 떠났는지 혹
은 내가 어머님을 떠났는지는 잘 모르겠다. 분명한 사실은
우리는 이제 이별을 했다는 것이다. 육체 뿐만 아니라 정신
적으로 헤어지고 말았다.

　오늘 어머님의 이별은 과연 내일의 만남이 될 것인가. 오
늘의 슬픔은 과연 내일의 즐거움이 될 것인가.

　이상의 글은 내가 1980년 11월 어느 여성지에 썼던
수필이다. 못다 부른 사모곡이라고 말할 수 있으리라.

　그 이후로 우리들 사이에는 "미국으로 들어와서 같이
살자"는 주장과 "한국에 나오시면 제가 모시겠습니다"의
주장이 서신과 국제 전화로 3년 동안 오고 갔다. 어머
님은 당신이 미국에 있으면 외아들인 내가 미국으로 들
어오지 않겠느냐는 생각이셨고, 나는 내가 한국에서 살
고 있는 한 언젠가는 어머님이 이곳으로 오실 것이라고
생각했다. 하여간 어머님은 새로 미국으로 이주한 여동
생들의 문제로 더욱 그곳에 머물게 되었다. 나중에는
결혼하지 않은 큰 여동생을 포함한 미국 식구들에 대한
걱정이 한국에 살고 있는 나에 대한 걱정보다 더욱 크
다는 연락도 왔다.

　그러던 어머님이 1983년 1월 19일 뉴욕의 차디찬
병원 침대에서 한많은 세상을 떠나고 말았다. 평소에
젊은이 못지 않게 건강하고 바쁘게 뛰어다니던 어머님
이라 너무나 큰 충격이었다. 충격이라기보다는 날벼락

이라고 말할 수밖에 없는 일이었다. 마침 그곳에 있었던 내가 운명을 지켜보았다는 것만은 다행이라고나 할까.

어머님은 갔다. 영원히 가셨다. 육체적 및 정신적으로만 간 것이 아니다. 시간과 공간의 모든 것을 그대로 갈라 놓은 이별을 남기고 떠났다.

이제 천당에서나 만나겠지. 그러나 천당에서 만나는 것이 무슨 위로가 되는가. 나에게 지금 절실히 필요한 어머님은 내세에 만날 수 있는 어머님이 아니다. 돌아오는 설날에 세배를 드리면 "고맙구나!"라고 나직이 말하시는 어머님. 그리하여 나도 가만히 어머님의 손을 만질 때 느낄 수 있는 따뜻한 체온, 시신에서 만져 보았던 차가운 손이 아닌 어머님이다.

어머님, 고이 잠드소서.

새 승용차를 사고 싶어하는 아내에게

여보, 정말 오랜만에 당신께 편지를 씁니다. 평소에
는 말도 마음대로 하고 행동도 자유롭게 했지만, 막상
이렇게 글로 쓰려고 하니 공연히 마음이 쓰입니다.

올해로 우리가 결혼한 지가 벌써 18년이 되었고, 미
국에서 돌아와 한국에서 산 것만도 벌써 12년이 됩니
다. 그동안 나는 대학교수·방송인·수필가·수필평론
가로 바쁘게 살았으며, 당신은 또 당신대로 자녀교육과
가사에 온 정성을 쏟으면서 살았다고 믿습니다.

오늘 특별히 당신에게 이렇게 편지를 쓰게 된 동기
는 새 승용차를 구입하고 싶은 당신의 오랜 바람에 대
한 나의 뜻을 전달하려는 것입니다.

사실 당신이 알다시피 나의 성격이 좀 괴팍합니다.
그래서 78년 귀국해서 약 2년 동안은 한 번도 탁시를
타지 않으면서 살았고, 그 당시엔 미국에서의 자동차
사고도 있고 해서 절대로 자가용을 사지 않기로 결심을
했지요. 그러다가 MBC 라디오의 「안녕하십니까, 황필
홉니다」라는 새벽 생방송 프로를 맡게 되어 어쩔 수 없
이 10년도 지난 포니 중고차를 샀지요. 이 '똥차'를 한

10년 몰고 다니다 보니, 서울 장안에서는 아마 가장 낡은 차 중에 하나였을 것이며, 그나마 시내 한복판에서 엔진이 꺼져 지나가는 행인들의 도움으로 다시 집으로 몰고 온 경험도 여러 번 있습니다.

이런 지경이라 당신은 자연히 새 차를 사자고 요구했지만 나는 그 때마다 당신의 요구를 거절했습니다. 모든 인간은 자연의 일부로 태어나서 자연의 일부로 죽게 마련이라, 가능하면 인위(人爲)의 대명사인 자동차를 소유하지 않고 사는 것이—어느 정도 불편하기는 하겠지만—더욱 값있는 삶이라고 생각했기 때문입니다.

그러자 당신은 나의 이런 주장이 전혀 앞뒤가 맞지 않는 말이라는 사실을 명확히 지적했지요. 어차피 자동차는 자연 운운하는 것과는 거리가 먼 얘기며, 기왕 승용차를 가지려면 필요할 때 발동이라도 잘 걸리는 차를 가지고 있어야 한다는 것이지요. 참으로 옳은 말입니다. 그러나 나는 평소의 '거지 근성'이 있어서 당신의 요구를 승인하지 못했습니다.

이렇게 당신과 승용차 문제로 티격태격 하면서 살다가 나는 작년 봄 학기를 교환교수로 혼자 미국에서 체류하게 되었지요. 돌아와서 보니 당신은 나의 허락도 없이 중고 스텔라를 구입했더군요. 나는 기분이 좋지 않았으나 이미 구입한 것을 가지고 싸움을 하기가 싫어서 그냥 참았지요. 그저 비싼 새 자동차를 사지 않고 중고품을 구입한 것만을 다행으로 생각하면서.

나는 지금부터 새 차를 사지 않으려는 이유를 설명하겠습니다.

첫째, 나는 엄격한 뜻에서 내 마음대로 쓸 수 있는 '나의 돈'은 이 세상에 없다고 믿습니다. 물론 내가 노력해서 번 돈은 나의 돈이지요. 그러나 그것도 모두 사회의 것입니다. 내가 평소에 벼락부자가 된 졸부들에게 "내 돈 내 맘대로 쓰는데, 왜 말이 많으냐?"고 큰소리를 칠 수 없다고 주장하는 이유도 여기에 있습니다.

둘째, 이 지구상에는 아직도 먹을 것이 없어서 굶어죽는 사람들이 굉장히 많습니다. 우리는 그들을 직접 도와주지는 못할 망정, 꼭 필요한 것이 아니면 절대로 구입하지 않으려는 마음을 가져야 합니다. 그래야 가능한 한 무소유(無所有)를 실천하려는 우리 보통사람들의 진솔한 삶이 가능합니다. 무소유를 설파하면서도 하녀까지 둔 큰 저택에서 살던 톨스토이는 양심의 가책을 받아서 말년에 집을 훌쩍 떠나기도 했으니까요.

셋째, 인간의 아름다움은 외모에 있는 것이 아니라 내면의 세계에 있습니다. 어떤 승용차를 가지고 있느냐를 가지고 사람의 인격을 판단하려는 오늘날의 세태는 분명히 잘못된 것입니다.

성서는 이렇게 말합니다. "너희들의 단장을 머리를 꾸미고, 금을 차고, 아름다운 옷을 입는 외모로 하지 말라. 오직 마음에 숨은 사람을 온유하고 안정한 심령의 썩지 아니할 것으로 하라. 이는 하느님 앞에 값진 것이니라"(베드로 전서, 3장 3-4절).

　넷째, 요즘 운동가들은 흔히 ‘민중과 호흡을 같이 한다’는 표현을 사용합니다. 나는 숨도 제대로 쉴 수 없는 출퇴근길의 지하철, 싸구려 목욕탕, 싸구려 짜장면을 먹으면서 민중, 보통사람, 서민의 체취를 느낍니다. 가끔 고급 사우나탕엘 가면 공연히 잠이 잘 오지 않는 이유도 여기에 있습니다.

　나는 우리도 남들처럼 고급 승용차는 아니라도 아담한 중형 새 승용차라도 구입하고픈 당신의 마음을 충분히 이해합니다. 그러면서도 그 이해를 실천하지 않는 나의 심정을 좀 이해해 주기를 바랍니다.

　여보, 사랑합니다. 1990년 12월 초하루에

모든 사랑은 첫사랑이다

우리는 일반적으로 첫 번째를 중요시하는 경향이 있다. 사람은 첫 인상이 중요하고, 첫 술잔은 비상이라도 마셔야 되며, 첫사랑의 상처는 평생 잊지 못한다고 말한다. 그래서 우리는 첫 번째 시작을 절반이라고까지 말한다.

첫사랑은 이루어지는 것보다 실패하는 것이 오히려 좋다는 말도 있다. 그렇다면 첫사랑의 쓴 잔을 평생 동안 마시고 사는 것이 좋다는 말인가. 그것도 아니라면, 첫사랑보다는 두 번째나 세 번째 사랑이 더욱 중요하다는 말인가.

첫사랑이란 대개의 경우 자신도 모르게 열병같이 몰려오게 마련이다. 본인 자신도 사랑을 느끼지 못했다가, 그 일이 지난 미래에 와서야 그것이 일종의 사랑이었다는 것을 깨닫게 된다. 그러므로 대부분의 첫사랑은 '의식적인 사랑'이 아니며, 의식이 없는 지향성이 모두 맹목적인 감정이라면 첫사랑은 사랑이라고 말할 수도 없을 것이다.

또한 실제로 첫사랑이 성취되어 결혼까지 골인했다

고 하자. 그야말로 아무 것도 모르고 오직 한 사람만을 알면서 평생을 지내야 된다는 뜻이다. 그리고 결혼 이후에도 제2, 제3의 사람이 나타나지 말라는 보장은 없지 않은가.

이러한 주장을 좀 더 확대하면, 첫사랑은 사랑이 아니며, 사랑이란 회를 거듭할수록 더욱 농도 짙은 사랑을 경험할 수 있다는 주장까지도 가능할 것이다. 이런 경우에 사랑은 마치 훈장과 같아서 많으면 많을수록 좋을 것이다.

그러나 사랑에 관한 한 몇 번째냐는 것은 아무런 가치가 없다. 첫사랑만이 진정한 사랑이라는 맹목적인 신앙을 가진 사람은 삶의 다양성과 풍요성을 모르는 사람이다. 오죽하면 첫사랑은 실패하는 것이 좋다는 말까지 있겠는가. 반대로 첫 번째보다는 두 번째가 진짜며, 두 번째보다 세 번째가 맛이 있다는 주장도 옳지 않다. 그것은 사랑을 마치 기계적인 수학적 개념으로 착각하는 것이다. 더 나아가서 사랑에서 느끼는 달콤한 감정은 회를 거듭할수록 점점 무디어질 수도 있지 않은가.

사랑에 대한 진정한 태도는 첫사랑에 대한 유치한 맹목적 집착과 첫사랑이란 쓰레기에 불과하다는 감정을 동시에 초월한 태도다. 그리하여 모든 사랑이 첫사랑이라는—다시 말해서, 모든 사랑이 첫사랑의 달콤함과 떨림을 동반한다는—마음가짐이다.

철학자 칸트는 범죄자를 처벌하는 기준에 있어서 한 가지 반드시 적용해야 될 법칙을 말했다. 그것은 범죄

자가 아무리 여러 번째의 범죄를 저질렀더라도 항상 초
범으로 간주해야 된다는 법칙이다. 그의 범죄 동기를
사회에 돌리거나 지금까지의 범죄습성으로 돌리지 말
고, 그 사람 자신의 자유의지에 의하여 저질러진 최초
의 행위라고 규정해야 된다는 것이다. 이러한 태도가
곧 인간의 자율성을 인정하는 태도라는 것이다.

사랑은 지향적인 행위(an intentional activity)다.
그러므로 진정한 사랑은 '나도 모르게' 휩싸인 고조된
감정이 아니라, 프롬이 말하는 '사랑의 기술'을 익힌 의
식적인 행위다. 일상적인 습관, 사회의 보이지 않는 압
력, 부모님의 강권, 쾌락주의적인 관성에 의한 것이 아
닌 진정한 사랑은 언제나 그 사람의 의식 전체를 투자
하는 것이다. 그러므로 재혼을 하는 사람도 첫사랑이
고, 기혼남녀의 사랑도 첫사랑이다.

"이것이 나의 첫사랑이다"라는 감정이 없는 사람은
이미 순수한 사람이 아니다. 첫사랑이 아닌 사랑은 모
두 의심의 여지가 있다.

모든 사랑은 첫사랑이다.

사랑이란 무엇인가, 그리고 무엇이 사랑인가

젊은 여성에게 필요한 것은 한 두 가지가 아니다. 화장품도 필요하고 멋있는 액세서리도 필요하고 아름다운 옷도 필요하다. 그리고 이런 것들을 준비하려면 돈이 필요하고, 돈을 벌려면 일을 해야 한다.

또한 젊은 여성이 관심을 갖는 것도 한 두 가지가 아니다. 어떤 사람은 독서에 관심이 있고 다른 사람은 영화 감상에 관심이 있다. 매일 밤 발바닥 운동을 하지 않고는 잠을 못 자는 사람도 있고, 한 잔의 포근한 와인을 즐기는 사람도 있다.

그러나 뭐니뭐니 해도 젊은 여성이 가장 관심을 갖는 것은 사랑이며, 사랑 이외의 모든 관심은—문화신학자인 틸리히의 표현을 빌리면—예비적 관심(preliminary concerns)에 불과하며, 이런 수많은 예비적 관심들은 결국 사랑이라는 궁극적 관심(ultimate concern)을 위해 존재하는 것이다. 여성은 사랑을 위해 왕관도 버릴 수 있고 모든 자존심도 버릴 수 있다.

그런데 요즘 여성들은 '사랑이란 무엇인가?(What is love?)'라는 질문과 '무엇이 사랑인가?(Which is love?)'

라는 질문을 혼동하는 경향을 가지고 있다. 첫 번재 질문은 사랑의 본질이 무엇이냐를 묻는 것이며, 두 번째 질문은 도대체 현상적으로 어떤 것을 사랑의 표현으로 받아들여야 되느냐를 묻는 것이다. 전자가 철학적인 질문이라면 후자는 현실적인 질문이라고 말할 수 있다.

두 번째 질문에 대한 답변에도 여러 가지가 있다. 좋아하고 만나고 싶고 같이 얘기하고 싶은 감정이 바로 사랑이라고 말하는 사람도 있고, 사랑이란 키스나 애무를 포함해야 된다는 사람도 있고, 섹스를 동반하지 않은 사랑은 불완전한 사랑이라고 주장하는 사람도 있다. "사랑한다면 무엇이 그렇게 두려울 것이 있느냐?"고 이성 친구에게 대드는 남성은 바로 사랑과 성을 동일시하는 사람이다.

고전적으로 이 질문은 흔히 '정신적 사랑'과 '육체적 사랑'으로 구별되어 있었다. 그리하여 플라톤은 "육체를 벗어난 영혼만이 진정한 자유를 소유할 수 있다"고 말했으며, 육체적인 사랑을 극단적으로 주장했던 헉슬리는 "섹스는 스포츠"라고 말하기도 했다. 성이란 그렇게 굉장한 것이 아니며, 그것은 마치 우리들이 한 판의 테니스를 치거나 고스톱을 즐기는 이상의 의미가 없다는 것이다.

그러나 현대에 들어와서 과연 무엇을 사랑의 표현으로 간주해야 되느냐는 문제는 굉장히 복잡하게 되었다. 우선 그것은 시간과 장소에 따라서 다를 수밖에 없으며, 또한 그것은 사랑하는 두 사람의 생각에 따라서 전혀 다를 수밖에 없기 때문이다. 그리하여 요즘도 어떤 사람은 러브레터만 가지고 사랑을 확신하는 사람도 있고, 하룻밤을 같이 지내야 사랑을 확인할 수 있는 사람도 있다

우리는 이제 사랑의 표현을 어느 한 가지로 고정시킬 수 없다는 사실을 솔직히 인정해야 된다. 표현방식이 각기 다른 연인들은 서로 상대방의 의견을 존중하는 방향으로 양보할 수 있는 '개방된 정신'을 가져야 한다. 자신의 방식만을 고집하는 사람은 상대방을 사랑하는 사람이 아니라 자신의 이기심을 충족시키려는 사람이 되기 쉽다.

그러나 우리가 더욱 심각히 생각해야 될 문제는, 이상의 현실적인 질문이 아니라 도대체 사랑이 무엇이냐는 본질적인 문제와, 먼저 이 본질적인 문제에 대한 답변이 결정된 다음에야 두 번째 문제에 대한 답변을 얻을 수 있다는 사실이다.

나는 『철학적 여성학』에서 사랑의 본질을 다음의 세 가지로 설명했다.

첫째, 사랑은 관심(care)이며 그 중에도 가장 지극한 관심이다. 상대방의 과거와 현재와 미래까지 알고 싶은 관심이며, 하다 못해 시시한 취미 생활까지 전부 알고 싶어하는 관심이다. 여기서 사랑은 느낌이며 감성이며 감정이 된다. 어떤 점에서는 질투도 관심의 표현이 될 수 있는 이유가 여기에 있다.

둘째, 그러나 사랑은 관심에 머물지 말고 상대방을 있는 그대로 사랑할 수 있는 존경(respect)으로 발전해야 된다.

예를 들어, 부부싸움에서 주먹을 휘두른 남편이 이렇게 능청을 떤다. "당신이 다른 여자라면 내가 와 때렸겠소? 내가 그만치 당신에게 관심이 많아서 이렇게 된 것 아니오?" 물론 그는 주먹질로 상대방에 대한 지상 최대의 관심을 증명했다. 그러나 그는 상대방에 대한 존경심을 전혀 가지고 있지 않았던 것이며, 그래서 그의 변명은 결국 진정한 사랑타령이 될 수 없다.

셋째, 진정한 사랑은 관심과 존경뿐만 아니라 책임(responsibility)을 스스로 질 수 있는 사랑이어야 한다. "서로 좋아서 그랬던 것을 왜 내가 혼자 책임을 져야 하느냐?"고 발뺌하는 사람은 아직 상대방을 진정으로 사랑했던 사람이 아니다.

오늘날 젊은이들은 온통 무엇이 사랑이냐는 현실적인 문제에만 매달려 있다. 그러면서도 정작 이 문제의 열쇠가 되는 사랑의 본질적인 문제에 대하여는 전혀 관심을 쏟지 않고 있다. 우리 사회의 성도덕이 이렇게 타락되어 있으며, 세계 제일의 아기 수출국이면서 동시에 '낙태 천국'이 되어 있으며, 일단 만나면 '끝장을 봐야 한다'는 한탕주의가 만연되어 있는 이유도 여기에 있다.

모쪼록 젊은이들은 사랑을 확인(確認)하기 이전에 먼저 사랑의 본질(本質)을 탐구해야 할 것이다.

2.

모든 사람은 결혼해서 후회한다

만남은 우연인가

우리는 우리가 일상 생활에서 아는 사람들에게는 다정히 인사하고 대화하고, 어떤 때는 질투하거나 사랑하면서 살아갈 수밖에 없는 사회적 동물이라고 믿는다. 그러나 길을 지날 때 스치는 모르는 사람들과는 아무런 관계가 없다고 생각한다.

그러나 불교는 복잡한 서울 거리에서 교통 신호를 기다리다가 무심히 앞에 서 있는 사람을 바라볼 때, 시장바닥에서 만난 상인들의 목청 높은 소리를 들을 때, 지나가는 여인의 화사한 향수 냄새를 맡을 때, 이런 경우도 모두 억겁의 인연의 결과로 발생한 것이라고 말한다. 그야말로 옷깃만 스쳐도 인연이다.

이렇게 보면 우리들의 만남은 모두 우연이 아니라 필연이라고 말할 수 있다. 특히 평생 살을 섞으면서 살아가는 결혼 배우자와의 만남은 엄청난 필연의 결과라고 말할 수 있다. 그리하여 우리는 전혀 다른 두 남녀의 정다운 만남을 천생연분이라고 말하기도 한다. 아마 비관주의적인 철학자 스피노자가 이 세상에는 순수한 자유의지가 존재하지 않으며 오직 철저한 필연만이 존재한다고 말한 이유도 여기에 있을 것이다.

그런데 우리는 '인연'이란 어휘를 일상적으로는 순수한 우연이란 뜻으로 사용하기도 한다. 노총각이나 노처녀에게 '인연이 있으면…'이라고 말하는 경우가 여기에 속한다. 여기서 인연은 인간의 의식적인 노력과는 전혀 관계가 없는 순수한 일어남을 지칭한다.

원래 인연이란 인연생기(因緣生起)를 줄여서 부르는 말이고, 불교에서는 이것을 그냥 연기라고 부른다. 그리고 연기란 "이것이 있으니 저것이 있고, 저것이 있으니 이것이 있다"는 뜻이다. 모든 것은 타자와의 관계에서 생겨나며, 단독자로는 아무 것도 일어날 수 없다는 사상이다.

만남은 우연인가? 혹은 필연인가? 내가 만나는 모든 사람은 나의 노력과는 아무런 관계없이 발생하는 순수한 우연의 결과인가? 그렇지 않으면 그를 만나려는 나의 지성적, 감정적, 인간적 노력이 만들어낸 필연의 결과인가? 만남의 우연성을 믿는 사람은 인생을 도박이라고 말할 것이며, 만남의 필연성을 믿는 사람은 인생을 노력이라고 말할 것이다.

나의 친구 H는 만남의 철저한 우연성을 믿고 실천한 사람이다. 맞선을 스무 번에 걸쳐 본 친구였다. 처음에는 별 관심도 없이 이 여자 저 여자를 만났으나 꼭 맘에 드는 여자가 없었다. 다음에는 마누라감을 찾고야 말겠다는 비장한 결의를 가지고 열심히 쫓아다녔으나 인연이 없는지 성사가 되지 않았다. 이렇게 되고 보니 한창 때 가지고 있던 자부심과 자만심은 어느덧 초조감과 긴장감으로 변해버렸고, 심신을 통틀어 아주 늙어버린 자신을 발견하게 되었다. 거기에다 불행히도 '왕년에 안 가본 사람이 없는 월남'까지 흘러갔다.

이 친구가 사이공에 도착한 지 한 달도 되기 전에 약혼을 한다는 것이다. 평소에 사귀는 여자가 없는 사실을 아는 주위 친구들은 이 아는 것 많고 말 많은 노총각이 월남 꽁가이(여자)한테 팔려간다고 생각했다. 약혼 축하가 아니라 장례 위로하는 기분이었다.

그런데 알고 보니 그게 아니었다. 그가 월남에 도착하자마자 한국에 있는 친척이 소개한 어엿한 한국 아가씨와 약 한달간 편지 연락을 해 왔는데, 그만 약혼을 한다는 것이다. 사진으로만 보고 직접 대면도 하지 않은 여성과의 신부도 없는 약혼식이 사이공 나이트 클럽에서 열리고, 같은 시각에 신랑도 없는 약혼식이 서울에서 열린다는 것이다. 이 친구의 말이 바로 이렇다.

"인생은 도박이야. 어차피 도박일 바에야 스릴있는 도박이 좋겠지."

물론 위의 경우는 극단적인 삶이라고 할 수 있다. 그러나 곰곰이 생각해 보자. 지나간 날 내가 만났던 대부분의 사람들은 정말 우연의 결과가 아니었던가. 더구나 수없는 사람 중에서 한 사람으로 선택된 나의 남편과 나의 아내는 정말 우연이 아닐까.

그러나 나는 절대로 만남이 우연이 아니라고 생각한

다. 오히려 만남은 철저한 나의 사전 계획의 결과라고 생각한다. 그 이유는 어디에 있는가?

우선 만남은 일방 통행이 아니라 쌍방 통행이다. 아무리 이 쪽에서 좋아해도 저 쪽에서 싫으면 만남은 이루어지지 않는다. 그 반대의 경우도 마찬가지다. 다시 말해서 상대방은 내가 좋아하는 것들을 가지고 있으며 동시에 나도 상대방이 좋아하는 것들을 가지고 있을 때, 혹은 싫어하는 것들보다 좋은 것들을 더욱 많이 가지고 있을 때 만남은 이루어진다. 그리고 좋아하는 것들은 외모, 성격, 인격, 지식, 교양 중에서 어느 것일 수도 있다.

내가 상대방을 좋아한다는 것은 그가 이미 내가 좋아하는 것들을 가지려고 부단히 노력해 왔다는 뜻이며, 나도 상대방이 좋아하는 것들을 가지려고 부단히 노력해 왔기 때문에 그가 나를 진정한 만남의 대상으로 결정한 것이다. 그러므로 만남은 노력의 결과다.

우리는 이것을 겉으로 만나기는 했으나 진정한 만남으로 승화되지 못한 경우에서 더욱 쉽게 알 수 있다. 가령 내가 밤낮으로 그리던 백설공주나 백마를 타고 오는 왕자를 마주쳤다고 가정하자. 그런데 그는 나를 거들떠보지도 않는다. 나는 그를 만날 때까지 그가 좋아할 외모, 성격, 지식 등을 가지려고 노력조차 하지 않았기 때문이다. 그래서 이 경우에 나는 아무리 그에게 매달려도 그는 나를 진정한 만남의 대상으로 삼지 않으며, 결국 나는 짝사랑의 슬픈 주인공으로 남게 된다.

　진정한 만남은 노력한 사람에게만 찾아온다. 감나무 밑에서 그냥 감이 떨어지기를 기다리는 사람은 절대로 맛있는 감을 가질 수 없다. 아무런 노력도 하지 않으면서 그야말로 잘난 얼굴만 가진 남성은 절대로 훌륭한 아가씨를 만날 수 없다. 책은 한 권도 보지 않으면서 온종일 얼굴 화장에만 시간을 보내는 여성은 절대로 지성적 남성을 만날 수 없다. 우선 그런 사람이 내 앞에 나타나도 나는 그의 매력을 보지 못할 것이며, 비록 운이 좋게 그의 매력을 내가 알았다고 하더라도 상대방이 나를 받아 주지 않을 것이다.

　영어에는 "기다리는 사람에게 모든 것이 찾아온다(Everything comes to those who wait)"는 말이 있다. 그러나 여기서 말하는 기다림은 그저 아무 노력도 하지 않고 기다리는 것이 아니라 꾸준한 노력으로 기다리는 사람을 말한다. 그러므로 진정 사랑할 수 있는 사람을 만나려는 사람은 우선 그런 사람을 만날 수 있는 자신의 자격을 갖추기 위해 부단히 노력해야 한다. 노력하지 않는 사람은 절대로 훌륭한 사람을 만날 수 없다

　그러면 노력하는 사람은 언제나 진정한 만남을 갖게 되는가? 교양을 갖추고, 지식을 습득하고, 인격을 연마하려고 진정 노력하는 사람은 모두 백설공주나 백마를 타고 오는 왕자를 만나게 되는가? 반드시 그렇지는 않다. 그래서 우리는 성실히 노력하는 사람이 가끔 나쁜

사람을 만난 경우를 우리 주위에서 쉽게 발견할 수 있다. 나의 친구 H를 포함한 많은 사람들이 인생을 우연의 연속이라고 믿는 이유도 여기에 있다.

여기에 바로 만남의 역설이 있다. 만남은 노력의 결과다. 아무런 노력도 하지 않는 사람은 절대로 진실된 만남을 가질 수 없다. 그럼에도 불구하고 그 반대는 참이 아니다. 왜 그럴까? 나는 그 이유를 한 마디로 덕(德)이라고 말하겠다.

만남의 절반은 노력이다. 그러나 또 다른 절반은 덕의 결과다. 덕이 있으면 좋은 사람을 만나고 덕이 없으면 나쁜 사람을 만난다. 그리고 여기서 말하는 덕은 단순히 외모, 지식, 지성 등이 아니라 모든 사람을 포근하게 해주는 진실, 진리, 지혜를 말한다.

우리는 흔히 사실이 축적되면 진실이 되고, 지식이 증가하면 지혜가 되고, 교양이 높아지면 덕이 된다고 믿기 쉽다. 그러나 항상 그렇게 되는 것은 아니다. 인류의 영원한 스승인 소크라테스, 불타, 공자, 예수, 모하메드와 같은 성인들은 사실, 지식, 교양에서 출발하지 않았다. 그럼에도 불구하고 그들은 지혜, 덕, 진리를 우리에게 가르쳤던 것이다.

우리 주위에는 남편이나 아내를 잘못 만나서 신세를 망쳤다고 우는 사람들이 너무나 많다. 그러나 그들은 우선 그들이 노력하지 않았던 사실을 후회해야 할 것이며, 그들이 노력했다면 역시 덕이 없어서 나쁜 사람을 만났다고 생각하고 지금부터라도 덕을 쌓도록 노력해야

한다. 그러면 지금까지의 ‘나쁜 사람’도 ‘좋은 사람’이
될 수 있다.

　만남은 우연인가. 절대로 그렇지 않다. 만남의 절반
은 노력이며, 노력은 만남의 기본이다. 그러나 다른 절
반은 바로 덕의 유무에 달려 있다.

모든 사람은 결혼해서 실망한다

　낭만적인 10대는 결혼상대자로서 백마를 타고 오는 왕자나 백설공주를 꿈꾼다. 그러나 막상 20대가 지나 결혼을 눈앞에 두면 "연애는 이상이지만 결혼은 현실"이라는 명제를 절감하게 된다. 그리하여 10대에 가졌던 낭만적인 꿈이 산산히 깨지는 실망을 맛본다.

　물론 10년을 죽자살자 하면서 사랑했던 사람과의 결혼에서는 그다지 큰 실망을 맛보지 않을 수도 있다. 그러나 혼수품을 사고, 약혼식을 올리고, 결혼식을 준비하는 과정에서 어느 정도의 실망을 맛보지 않는 사람은 없다. 그것은 단순히 결혼을 준비하는 과정에서 일어나는 소소한 의견의 불일치 때문만은 아니다.

　"도대체 수많은 사람 중에서 이 사람을 선택한 나의 행동은 과연 옳은 것인가?" "이 사람은 평생 나의 반려자가 될 수 있을까?" "우리들이 평생의 반려자가 된다고 해도, 주위의 사람들이 과연 우리들의 삶을 진정 축복해 줄 것인가?" 이런 질문에서 오는 씁쓸함, 서운함, 불안, 실망을 느낀다.

　그러나 내가 여기서 "모든 사람은 결혼해서 실망한

다"고 말하는 이유는 이런 이상과 현실의 괴리에서 생기는 것만은 아니다. 또한 실존주의 철학자인 케에르케고르가 말했듯이, 사람은 어차피 결혼해도 후회하게 되고 결혼하지 않아도 후회하게 된다는 뜻에서 실망한다는 뜻도 아니다. 그리고 결혼은 '사랑의 완성'이 아니라 '사랑의 무덤'일 뿐이라는 애정제일주의자들의 입장에서 후회한다는 뜻은 더더욱 아니다.

모든 사람이 결혼해서 후회한다는 주장은, 결혼의 현실성을 이미 충분히 알고 있으며, 인간운명은 어차피 후회를 완전히 떨쳐버리고 살 수는 없다는 실존적 자각을 가지고 있으며, 결혼생활이 된장찌개 끓듯이 사랑이 보글보글 끓은 것은 아니라는 사실을 충분히 알고 결혼을 한 사람, 다시 말해서 결혼에 대하여 지나친 기대도 갖지 않으며 그런대로 건실하고 현실적인 기대를 가지고 결혼한 사람, 그리고 상대방에 대한 신뢰와 사랑을 현재도 그대로 가지고 있는 사람, 주위 사람들의 부러움을 살 정도로 꼭 맞는 원앙부부라고 칭송을 받는 사람, 이런 사람들까지도 결혼해서 실망과 후회를 맛보게 된다는 것이다.

물론 대부분의 신혼부부는 자신의 이런 실망과 후회를 주위 사람들에게 알리지 않는다. 또한 자신의 이런 감정을 상대방에게도 전혀 내색하지 않는다. 상대방도 나에 대하여 똑같은 감정을 가지고 있을지도 모른다는 두려움이 있고, 대부분의 경우에는 "나를 이렇게 진정 사랑하는 사람에게 내가 상처를 주어서는 안된다"는 윤리적인 감정도 있다. 그러나 가장 근본적인 이유로는, 상대방에 대한 자신의 사랑의 강도(强度)를 스스로 의심하지 않기 때문에 내색을 하지 않는다.

그러나 솔직히 말하자. 이 세상에 결혼해서 조금도 실망하지 않는 사람이 과연 존재할까? 아마 한 사람도 없을 것이다. 다만 그것을 표현하지 않을 따름이다. 그리고 표현하지 않는 것이 앞으로 전개될 결혼생활에 더욱 보탬이 된다고 생각한다.

우리는 흔히 결혼에 있어서 '밑질 수 없다'거나 '손해 볼 수 없다'는 기준을 믿는다. 그러나 결혼이란 분명히 밑지고, 손해보고, 후회하고, 실망하는 통과의례(通過儀禮)다. 그러므로 현실적으로 생각하고 너무 큰 기대를 하지 않는 사람까지도 자신의 기대에 미치지 못하는 상대방에 대하여 실망을 느낀다.

물론 짝사랑으로 오랫동안 고민하다가 드디어 행복의 문을 두드린 사람, 금전이나 출세를 위하여 결혼한 사람, 부모의 반대를 무릅쓰고 10여 년만에 골인한 사람, 이런 사람들은 신혼생활에서 오히려 환희를 맛볼 수도 있으며, 실망이나 후회는 전혀 느끼지 않을 수도 있다.

그러나 그것도 잠시 뿐이다. 어느 정도 시간이 지나면 반드시 후회할 때가 온다. 우리는 이 엄연한 사실을 부인할 수 없다.

여기서 우리는 부부의 타인성(他人性)을 받아들여야 한다. 얼마나 두 몸이 한 몸이 되기가 어려우면 이심일

체(二心一體)라거나 일심동체(一心同體)라는 말이 생겼
겠는가.

　남편은 나의 남편이기 이전에 하나의 인간이고, 아내
는 나의 아내이기 이전에 하나의 인간이다. 그런데 우
리는 그는 인간이기 이전에 나의 남편이고, 그녀는 인
간이기 이전에 나의 아내여야 한다고 생각한다.

　부부란 동일한 길을 가는 사람들이 아니다. 단지 비
슷한 길을 같이 항해하는 사람들일 뿐이다. 이것이 바
로 부부간의 타인성을 인정하는 길이며, 우리가 진실로
노력할 때 그것은 파괴적인 타인성이 아니라 창조적인
타인성으로 발전할 수 있다.

　모든 사람은 결혼해서 실망한다. 그래서 우리는 결혼
해서 행복할 수도 있는 것이다.

연상의 여자

　요즘 연상의 여인과의 결혼이 부쩍 늘어가고 있다고 한다. 물론 보수주의자들은 이런 추세야말로 해괴망측한 일이라고 하겠지만, 내가 보기에는 극히 바람직한 일이다.

　우선, 연상의 여성과 연하의 남성의 결합은 생물학적으로 볼 때 바람직한 일이다. 결혼한 부부는 대개 같이 늙어가고 비슷한 시기에 세상을 떠나기를 바란다. 20년 과부 생활과 10년 홀아비 생활은 그리 바람직하지 못하다.

　그런데 일반적으로 남성의 수명이 여성의 수명보다 훨씬 짧다. 그러니 3~4세의 차이를 이상적으로 삼고 있는 현재의 결혼습관에 의하면 여성은 적어도 14년간은 과부로 이 세상을 외롭게 살아야 한다. 물론 개인에 따라서 예외가 없는 것은 아니지만, 이 세상에—그리고 특히 우리 나라에—홀아비보다 과부가 훨씬 많다는 사실은 앞의 얘기가 원칙적으로 옳다는 뜻이다. 이렇게 보면, 10년 연상의 여인과의 결합이 가장 이상적이라고 말할 수 있다.

　더 나아가서 젊은 마누라를 얻었다고 자랑하던 남성도 50대가 되면 아내의 눈초리와 구박을 받을 수 있다. 성적으로 무르익은 40대의 아내를 충분히 만족시켜 줄 수가 없을 수도 있기 때문이다. 그리고 이런 성의 부조화는 그 이외의 취미생활, 종교생활, 사회생활에서도 여러 가지 형태로 재현될 수 있다.

　그러나 내가 연상의 여자와의 결혼을 찬성하는 더욱 근본적인 이유는 단순한 생물학적이 아니다. 우리 사회가 "사랑에는 국경도 연령도 없다"는 명제가 진정 통용되는 다원사회(多元社會)가 되어야 한다고 믿기 때문이다. 결혼하지 않은 사람을 저(低)인간이나 절반 인간으로 보고, 연상의 여인과의 결혼을 무슨 희귀동물의 형태로 보고, 아들을 낳지 못하는 부부를 병자쯤으로 취급하는 고정관념은 이제 반드시 깨져야 한다.

　내가 여기서 주장하는 것은 연상의 여인이 연하의 여인보다 결혼 상대자로 반드시 좋다는 것은 아니다. 각기 다른 형태의 삶이 자연스럽게 공존하는 열린 사회가 되기 위하여―현재의 입장에서 보면―연상의 여인에 대한 선호가 더욱 증가되어야 한다는 것이다.

　원래 결혼의 적당한 연령을 뜻하는 적령기는 생리적인 개념이었다. 출산을 하려는 여성이 40을 넘거나 18세 이하면 고생을 하기 쉽기 때문이다. 그리고 이런 생리적인 의미에서의 적령기는 어느 정도 타당성이 있다. 그러나 오늘날 적령기라는 개념은 여성을 옭아매는 사회적인 관습이 되었으며, 이런 관습은 때에 따라서 슬

슬 어길 수도 있는 법보다 더욱 강력하게 우리를 구속하고 있다.

나는 『철학적 여성학』에서 우리 사회의 불문율인 적령기를 다음과 같이 설명했다.

첫째, 적령기란 시대와 장소에 따라서 다를 수밖에 없는 상대적인 개념이다. 서양과 동양이 다르고, 과거와 현재가 다른 개념이다. 옛날의 여성 적령기는 이팔청춘의 16세였고, 10세도 되지 않는 꼬마 신랑도 있었다.

둘째, 적령기란 분명한 상한선과 하한선을 정할 수 없는 것이다. 그것은 우리들 자신을 부자유스럽게 얽어매는 개념일 뿐이다.

셋째, 우리나라의 적령기는 여성에게만 해당된다. "젊으면 패기가 있어서 좋고, 나이가 들면 경제력이 있어서 좋다"는 평가는 남성에게만 해당된다. 지금도 돈 많은 재일교포는 아무리 늙었어도 새파란 미스 코리아와 결혼할 수 있을 정도로 적령기란 여성을 얽어매는 굴레다.

연상의 여인은 바로 이 굴레를 벗어버린 여성이며, 그래서 이런 여성을 만난 남성은 삶을 더욱 평등적으로 살 수 있을 것이다.

자신을 사랑하지 않는 한국 여성들

　　요즘 남자들은 모양을 낼 필요가 없다는 농담이 있다. 길거리에 젊은 남녀가 지나갈 때 남성들은 으레히 여성의 종아리나 가슴이나 얼굴을 쳐다보거나 감상한다. 그러나 우리나라의 젊은 여성들은 길을 지나면서도 다른 여성을 쳐다본다는 것이다. 저 여자는 왜 저렇게 화장을 했을까? 저 여자의 몸매는 왜 저렇게 쭉 빠졌을까? 이런 생각이 남성을 쳐다보기에 앞서 생긴다는 것이다. 그래서 남성들은 여성을 쳐다보고 여성들도 여성을 쳐다보니까 남성은 쳐다보는 사람이 없으며, 쳐다보는 사람은 없는 남성은 멋을 낼 필요가 없다는 뜻이다.

　　이런 농담은 물론 여성의 허영심을 꼬집는 말이다. 그리고 우리는 이런 농담을 하면서 마치 남성들은 아무런 문제가 없다고 착각하기 쉽다. 그러나 실제로 남녀관계에 관한 한 지독한 여성편견의 주범은 아무래도 남성이 아닐 수 없다.

　　직장에서 동료여성에게 반말을 하는 것은 물론이며, 어느 경우에는 단지 여자라는 이유로 그녀를 마치 자기 마누라의 대용품으로 취급하거나 기껏해야 직장의 꽃으로 취급하고 있는 실정이다. 여기에다 취직, 승진, 퇴직에 얽혀 있는 구조적인 모순까지 생각하면 여성이 이 땅에서 사람 대접을 받고 살기란 그리 쉬운 일이 아니다. 이런 점에서 남성들은 반성해야 한다.

동시에 여성의 사람됨은 여성 스스로가 지키려는 굳은 의지를 가질 때만 성취될 수 있다. 그것은 자신을 사랑할 수 있는 사람만이 다른 사람을 사랑할 수 있다는 원리에서 잘 알 수 있다. 자신의 권리를 지키려는 의사가 조금도 없으면서 남에게 자신의 권리를 지켜주지 않는다고 불평하는 일은, 스스로 공부하지 않고 일류 학교에 진학하려는 학생과 다름이 없다.

오늘날 여성들은 과연 자신들의 권리를 지키려고 노력하는가? 그들은 과연 자신을 진정 사랑하는가? 물론 이 나라의 모든 여성은 그렇다고 답변할 것이다. 그러나 말로는 그렇다고 답변하면서도 실제로는 그렇지 않은 여성들이 굉장히 많다는 것이 나의 입장이다. 몇 가지 예를 들겠다.

첫째, 소주잔을 기울이는 남성들의 대화는 엄길히 말해서 대화가 아니라 독백의 향연이라고 말할 수 있다. 그래서 우리는 흔히 이런 현상을 "목소리 큰놈이 이긴다"고 표현한다. 상대방을 차근히 논리적으로 설득시키는 대신에 무조건 핏대를 올림으로써 제압하려고 한다.

그런데 여성들의 대화는 어떤가? 우선 순수한 대결

의식조차 없는 잔소리와 수다의 연속이다. 어느 탤런트가 누구에게 시집을 가기로 했다가 안 가기로 했다가 다시 가기로 했다. 어느 올드 미스의 히스테리가 서릿발이더라. 남자들은 으레 그런 동물인가봐. 이런 시시한 수다의 연속이다.

남성의 만남이 일단 논쟁으로 시작해서 목소리 경쟁으로 끝난다면, 여성의 만남은 처음부터 아예 논쟁조차 하지 않으려는 시간 보내기에 불과하다.

둘째, 보건사회부는 태아 성감별을 130여 차례나 해온 8개 의료기관의 명단을 공개하면서 1~2개월의 면허정지 처분을 내린 적이 있다. 그들은 양수 검사나 초음파 검사로 태아의 성별을 임산부에게 알려주는 대가로 50만~1백만 원의 사례비를 받았다고 한다.

그런데 이런 낙태천국이라는 한국병을 더욱 심각하게 하는 것은, 태아의 성감별을 의뢰하는 사람들은 남편의 성화에 못 이긴 여성들이 아니라 여성들 자신의 자발적인 신청에 의한 것이라는 사실이다. 말로는 여성 차별의 철폐를 외치면서도 실제로는 그 여성 차별을 교묘하게 이용하여 자신만의 기득권을 누리려는 것이다.

생각해 보라. 자녀출산의 전적인 책임은 여성 쪽에서 결정할 수 있다. 그럼에도 불구하고 요즘 초등학교 1학년 교실에서 여자보다 남자가 절대적으로 많게 만든 책임자가 누구란 말인가? 이렇게 보면, 보사부에서 발표한 의사들을 병아리 감별사로 만든 사람들의 장본인도 여성이며, 여성이 남성보다 더욱 아들을 선호한다는 주장도 별로 틀리지 않는 듯이 보인다.

　나는 『산아제한과 낙태와 여성해방』에서 이렇게 말했다.

　우리는 인공유산이 폐혈증, 골반 감염, 자궁외 임신 등의 합병증을 남길 수 있다는 점을 잘 알고 있다. 특히 임신 16~18주에 실시하는 양수 검사는 산모의 배에 바늘을 찔러 양수를 빼내는 과정에서 태아를 건드릴 위험이 있으며, 천자 부위의 감염에 의하여 태아 뿐만 아니라 임산부까지 사망할 수 있다. 그리고 실제로 대학의학협회에 보고된 산부인과 계통의 의료사고 가운데 임신기간 중에 발생한 62건에서 58건이 인공유산과 관련된 것이며, 이 중에 17건은 사망이었다. 또 백보를 양보해서 이런 부작용이 없다고 하더라도, 유산은 산모에게 커다란 육체적 및 정신적 상처를 남긴다.

　이런 위험에도 불구하고 현재 우리나라에서는 신생아 3명 중에서 1명만이 이 세상의 빛을 보는 실정이다. 그러니까 이 세상에 태어나는 숫자의 두배가 되는 태아가 죽어간다는 뜻이다.

　이렇게 죽어가는 태아의 거의 전부가 여자다. 그런데 이렇게 엄청난 낙태수술을 하는 여성들 중에서 남성의 강요에 이기지 못하여 눈물을 머금고 병원에 들어가는 여성이 과연 몇 명이나 되겠는가? 대부분의 여성들은 아무런 죄책감도 없이—마치 수세식 변기를 쓸어버리듯이—낙태를 자청하고 있는 실정이다.

　셋째, 언젠가 미소 정상회담이 열렸을 때 매스컴은

성격과 생활방식이 전혀 다른 두 퍼스트 레이디에 대하여 관심을 쏟았다. 그런데 그들의 차이점을 극명하게 나타낸 사건이 바로 미국의 명문 여자대학인 웰슬리 대학이 두 퍼스트 레이디를 초청했을 때 나타났다. 학생들은 바바라 부시 여사야말로 개성이 없고 사회의식도 없으면서 오직 남편의 덕으로 출세한 여자임으로 초청받을 자격이 없다고 데모를 벌였다. 그러나 모스크바대학 교수이며 자신의 뚜렷한 세계를 가지고 있는 라이사 고르바초프 여사는 열렬히 환영했다는 것이다. 남편의 그늘에서 안주한 여성과 자신의 삶을 영위하는 여성이 받은 두 가지 상이한 대우였다.

우리 나라 주부 중에 남편에 의지하지 않고 자신만의 뚜렷한 삶을 가지려는 여성이 이 땅에 과연 얼마나 되겠는가. 그저 남편의 뒤를 한 발자국 뒤에 다소곳하게 따라가면서 인형같이 미소만 지으면 인기가 있는 실정이다.

그러나 레바논의 시인 지브란은 바람직한 부부간의 관계를 이렇게 말했다.

같이 서 있되, 너무 가까이 서지 말라.
성전의 두 기둥은 서로 떨어져 있으며, 참나무와 싸이프러스 나무는 상대방의 그늘에서 자랄 수 없느니라.

그렇다. 부부는 동일한 길을 가는 사람들이 아니라 비슷한 길을 서로 협조해서 헤쳐나가는 사람들이다. 그러므로 한 사람은 절대로 상대방의 그늘에서 자랄 수 없다. 그럼에도 불구하고 오늘날 대부분의 주부들은 단지 '누구누구의 아내'로 만족하고 있는 실정이다.

넷째, 외국에는 벌써 여성 수상과 여성 대통령이 나왔다. 그러나 우리나라에선 아직도 지역구 선거에서 당선한 여성 국회의원이 별로 없는 실정이다. 이런 기막힌 현실은 바로 이 나라 여성들의 정치의식을 단적으로 증명하고 있다. 그리하여 여성 정치가들은 아직도 남성 정치가들의 호의에 의하여 전국구 국회의원이나 장관이 되려고 노력하는 것이 더욱 빠른 길이라고 믿고 있는 실정이다. 참으로 한심한 일이다.

나는 지금까지 몇 가지 실례를 들어서 우리나라 여성들의 홀로서기의 미진함을 주장했다. 다시 말하지만, 이런 현상의 주범은 나와 같은 남성이다. 그러나 이 나라 대부분의 여성들은 자신들이 여성차별의 공범자임을 절대 잊지 말아야 할 것이다.

하늘은 스스로 돕는 자를 돕는다. 스스로 돕지 않는 자는 하늘도 도울 수 없다. 이제 여성은 자신의 권리를 스스로 찾으려고 노력해야 한다. 그래야 하늘도 도울 수 있고, 남성들도—혹시 그런 남성들이 있다면—도울 수 있다.

결혼은 사랑의 미완성 교향곡

우리 주위에는 "결혼해서 후회하려면 왜 결혼을 했겠느냐?"고 큰소리치는 사람들이 굉장히 많다. 그리고 갓 결혼한 대부분의 부부들은 실제로 아직 험한 세상의 꼬라지를 잘 보지 못할 정도로 행복을 느낄 것이다.

그러나 시인들은 결혼을 '사랑의 완성'이 아니라 '사랑의 무덤'이라고 말하기도 했으며, 우리도 조금 결혼생활을 하다 보면 연애는 이상이지만 결혼은 현실이라는 사실을 실감하게 되고, 또한 우리 주위에는 행복해서 사는 것이 아니라 자녀를 위하여 그냥 결혼생활을 어쩔 수 없이 끌고 간다고 말하는 사람들도 굉장히 많다.

사실 모든 사랑에는 고통이 따르게 마련이다. 춘향과 이도령의 사랑 뿐만 아니라 로미오와 줄리에트의 사랑에도 어느 정도의 불안과 초조감과 고민이 없을 수는 없다.

도대체 이 본질적인 실망, 후회, 불행의 원인은 무엇인가? 그것은 한 마디로 인간의 실존적인 유한성, 한계성, 불완전성이라고 말할 수 있다. 모든 인간은 불완전하다. 그러므로 그는 결혼에 관계없이 불행을 느낄 수밖에 없다. 이것이 인간 운명의 참모습이다.

그러나 내가 여기서 특별히 강조하려는 것은 이런 인간의 본질적인 후회가 아니라 우리가 진심으로 노력하면 해결할 수 있는 비본질적인 후회다. 결혼생활 20년이 지난 다음 어느 날 갑자기 생긴 삶에 대한 무의미성, 갱년기 혹은 사추기를 맞이하여 느끼는 삶에 대한 허무한 마음, 평생을 사랑했던 남편이나 자식어 대한 새로운 의심, 이런 후회를 강조하려는 것이다.

물론 이런 후회에 대한 원인에는 여러 가지가 있을 것이다. 남편의 사업실패가 원인일 수도 있고, 자녀의 대학입시 실패가 원인일 수도 있다. 그러나 그중에서 가장 중요한 원인은 "나는 20년 전보다 더욱 훌륭한 사람이 되지 못했다"는 회환에서 오는 것이다. 다시 말해서 자아성장에 대한 새삼스런 후회인 것이다.

물론 대부분의 부부들은 이렇게 자신이 성장하지 못한 이유를 상대방에게서 찾는다. 그리하여 "나는 당신과 결혼해서 요모양요꼴이 되었다"고 말하기도 하고, "당신이 나의 청춘을 빼앗아갔다"고 앙탈을 부리기도 한다.

그러나 우리는 근본원인이 결국 자기자신에게 있다는 사실을 잊지 말아야 한다. 텔레비전에 방영되는 연속방송극을 하나도 빼놓지 않고 보면서 20년 등안 신문사설을 한 번도 읽지 않는 주부, 자녀교육을 핑계로 자신의 교육에 전혀 관심을 쓰지 않는 어머니, 프로야

구에 미쳐서 책다운 책을 한 권도 읽지 않는 남편, 비싼 장난감을 사줌으로써 애비의 역할을 다 했다고 큰소리치는 아버지, 밤새우면서 화투를 치거나 술을 마시는 사람, 이런 사람들이 나중에 후회하게 되는 것은 당연한 일이다.

물론 여기서 말하는 자아성장이란 책 한 권을 읽고 완성되는 것도 아니며, 6개월 단기 코스로 마스터할 수 있는 것도 아니다. 그것은 "나는 아직 모르는 사람"이라는 사실을 용기있게 인정하고, 주위 사람들의 충고를 반박하기 이전에 받아들이고, 꾸준히 책을 읽으면서 자신의 삶이 하늘을 우러러 한 점 부끄럼 없기를 바라는 마음으로 하루하루를 살려는 피나는 노력에 의해서만 성취될 수 있다.

그것은 단순히 어느 색깔의 썬글라스를 쓰는 것이 아름답게 보이느냐는 일상적인 일도 아니고, 요즘 유행하는 넌센스 퀴즈에 통달하는 일도 아니며, 다른 사람보다 술을 더 마신다고 뽐내는 일도 아니다. 진정한 자아성장은 첫째로 "나는 아무 것도 아닙니다"(I am nothing in the world)는 겸손한 마음과 프로메테우스의 반복과도 같을 정도의 꾸준한 노력에 의해서만 꽃필 수 있는 덕목이다.

결혼해서 조금도 후회하지 않으려는 사람은 지나친 기대를 가진 사람이며, 그는 자신이 아직도 '과정의 존재'일 뿐이라는 단순한 진리를 망각한 사람이며, 어떻게 보면 자신의 인간자리를 박차고 전지전능한 신의 행

세를 하려는 사람이다. 우리는 우리의 불완전을 솔직히
인정해야 한다.

우리에게 남은 길은 후회를 깡그리 없애려고 노력하
는 대신에 그것을 최대한으로 극소화시키도록 노력하는
것이다. 그리고 이 노력은 모든 사람의 꾸준한 자아성
장에 의해서만 성취될 수 있다.

무럭무럭 성장하는 사람, 그에게는 언제나 희망과 행
복이 깃들 것이다.

누가 신여성인가

얼마 전 내무부의 지시로 제작되어 제주도와 충청북도 일선 공무원들에게 여성을 찍어 누르기 위하여 배포된 '홍보지침서'가 문제로 등장했는데, 그 내용은 대개 다음과 같다.

— 상대방의 열등감을 자극하라.
— 여성의 생리적 결함을 지적하라.
— 거짓말을 크게 하고 욕을 퍼부어라.
— 칭찬으로 초점을 흐려라.
— 부정의 연속타를 쳐라.
— 자기과시욕을 고무시켜라.

참으로 한심한 발상이 아닐 수 없다. 철의 장막인 소련에서조차 여성의 정치 진출을 대통령이 공공연히 고무하는 마당에 "여성의 생리적 결함을 지적하라"와 같은 — 마치 범죄 집단에서나 통용될 듯 싶은 — 전근대적인 발상이 국가 공무원들에게 버젓이 배포되었으니.

세월은 급히 변하고 있다. 그런데 우리는 이렇게 급

변하는 세계에 발맞추려고 노력하기는 커녕 오히려 뒷걸음질을 하고 있다.

1920년대 신여성운동의 개척자였던 김일엽(金一葉, 본명 원주, 1896~1971)은 1920년 9월 한국 최초로 여성들의 힘에만 의지하여 창간된 『신여자』에 실린 「우리의 요구와 주장」이라는 글에서 이렇게 말했다.

아무 지식 없고, 아무 경험 없는 우리가 감히 신여자를 표방하고 사회에 나섬이 어찌 즐거워서 하는 것이겠습니까? 몇 세기를 두고 우리 여자를 사람으로 대우하지 아니 하고, 마치 하등 동물과 같이 여자를 몰아다가 남자의 유린에 맡기지 아니 하였습니까? 우리 신시대의 신여자는 모든 전설적인 인습적, 보수적, 반동적인 일체의 구여성상에서 벗어나지 아니 하면 아니 되겠습니다. 이것이 실로 신여자의 임무요, 사명이요, 또 존재의 이유로 삼는 것이올시다.

김일엽은 일찍이 예수교 목사의 무남독녀로 태어나 일찍부터 근대의식에 눈을 떠 진남에서 여학교를 나와 이화학당 대학부 예과를 졸업하고 동경 유학을 떠났다. 문학에 열중했던 그녀는 당시 일본의 유명한 여성 문인 동구일엽(棟口一葉)의 이름에서 '일엽'이라는 호를 얻었다.

귀국 후 3·1운동 때는 자기 집 지하실에서 독립사상을 고취하는 전단을 등사하여 배포했으며, 나혜석과 함께 '폐허'의 동인으로 활약하면서 「사랑」, 「순애의 죽

음」「자각」「청춘을 불사르고」「행복과 불행의 갈피에
서」 등의 글을 통해 여성해방사상을 외쳤다.
　그러나 당시 사회는 그녀의 '자유연애론'과 '신정조론'
을 받아들이지 않았다. 특히 그녀의 신정조론은 지금에
와서 읽어도 과격하게 들릴 정도다.

　재래의 모든 제도와 전통과 관념에서 멀리 떠나 생명에
대한 청신한 의미를 환기코자 하는 우리에게는, 무엇보다 먼
저 우리들의 인격과 개성을 무시하는 재래의 성 도덕에 대하
여 열렬히 반항하지 않을 수 없습니다…. 정조는 결코 도덕
도 아니요, 단지 사랑을 백열화(白熱化)시키는 연애의식과 같
이, 고정한 것이 아니라 유동(流動)하는 관념으로 항상 새로
운 것입니다.

　결국 그녀가 주장한 '신시대의 신여자'는 '에로스와
그로스(growth)와 넌센스'라는 종교의 광신자로 매도되
었으며, 김일엽은 자살이나 행려병자로 떨어진 나혜석
이나 윤심덕과는 달리 불교에 귀의하고 말았다.
　요즘 우리 사회에서는 '신사고'란 말이 유행이다. 그
러나 김일엽의 생각보다 훨씬 후퇴하고 있는 것이 오늘
우리의 실정이다. 한국에서 역사는 후퇴하고 있는 것이
아닐까.

왜 여자는 결혼하는가

세기의 문호인 셰익스피어는 『햄릿』의 제3막 1장 56절에서 "사느냐? 죽느냐? 이것이 문제로다"라고 말했다.

그러나 엄밀히 말해서, 태어남과 죽음은 우리의 선택이 아니다. 그야말로—좀 상스럽게 표현하면—모든 인간은 '좋다가 남은 찌꺼기'로 이 세상에 태어났으며, 자살하지 않는 대부분의 경우에 있어서 죽음은 모든 인간이 필연적으로 거쳐야 하는 통과의례다. 우리는 우리의 의지와는 아무런 관련 없이 이 세상에 태어나고, 또한 우리의 의지와는 아무런 관련 없이 이 세상을 떠난다. 그러므로 인간에게 유일한—그리하여 가장 중요한 문제는 우리가 이 탄생과 죽음의 중간 기간인 삶을 어떻게 살다가 죽느냐는 것일 뿐이다.

어떻게 사느냐는 문제 중에서 누구나가 일생에 한 번은 고심해야 되는 것이 바로 반드시 결혼을 해야 되느냐는 실존적인 질문이다. "결혼을 하느냐? 하지 않느냐? 이것이 문제로다."

물론 보수주의자들은 우리가 결혼해야 되느냐는 문

제를 제기하는 것 자체가 문제라고 생각한다. 모든 인간이 결혼해서 아이를 낳는 것은 하늘이 인간에게 내린 천리(天理)며 이 천리를 따르는 것이 인륜(人倫)이라고 믿기 때문이다. 그리고 그들은 이런 문제를 제기하는 사람은 하나같이 서양의 향락풍토에 뼈가 삭아버린 한심한 놈이라고 매도하기도 한다.

그러면 보수주의자들이 결혼의 필연성을 주장하는 근거는 무엇인가? 그것은 한 마디로 '만약 모든 사람이…(if everybody…)'의 논리라고 말할 수 있다. 만약 모든 사람이 결혼하지 않는다면, 자녀 생산이 없을 것이다. 만약 모든 사람이 자녀를 낳지 않으면, 이 나라는 누가 지켜야 하는가.

그러나 이런 도미노 식의 논리는 절대로 옳지 않다. 나는 『철학적 여성학』에서 그 이유를 이렇게 설명했다.

인간은 각자가 다르기 때문에 전부 결혼하거나 전부 결혼하지 않는 상태는 절대로 발생하지 않을 것이다. 아무리 독재사회라도 사람들은 서로 달리 생각하고, 그런 다른 생각들을 서로 달리 표현하고, 또한 같은 생각이라도 서로 달리 행동하게 마련이다. 기계가 아닌 인간이 어떤 문제에 대하여 전부 동일하게 처신한다는 것은 현실적으로 절대로 불가능하기 때문이다. 그러므로 '만약 모든 사람이…'라는 주장은 논리학 교과서에서는 가능하겠지만 실제로는 있을 수 없는 공상적 오류(誤謬)에 불과하다.

　더 나아가서, 오늘날 우리는 태어남이 삶을 결정할 수밖에 없는 봉건사회에 살고 있지 않다. 우리는 이제 교육·직업·결혼형태 뿐만 아니라 결혼 자체에 대한 선택까지도 마음대로 할 수 있는 열린 사회에서 살고 있다. 모든 사람이 꼭 결혼을 해야 한다거나 하지 말아야 한다는 주장은 이제 쓸데없는 옹고집의 표현일 뿐이다.

　그런데 결혼 여부에 대한 우리의 선택을 더욱 어렵게 하는 이유는, 결혼에 대하여 사람들이 정반대의 두 가지 입장을 가지고 있다는 사실에 있다. 차라티 모든 사람이 결혼이 좋다고 하든지 나쁘다고 한다면, 비록 원칙적으로 열린 사회에서는 결혼이 하나의 선택일지라도 현실적으로는 그리 문제가 되지 않을 수도 있다. 그런데 불행히도—혹은 다행히도—결혼은 '사랑의 완성'이라는 입장과 '사랑의 무덤'이라는 입장이 동시에 존재하고 있는 실정이다. 그래서 이 문제는 그야말로 골 때리는 난제(難題)가 된다. 나의 젊은 날의 우상이었던 덴마크 출신의 철학자 키에르케고르가 결혼해도 후회할 것이며 하지 않아도 후회할 것이라고 말한 이유도 여기에 있다.

　여기서 나오는 결론은 무엇인가? 그것은 바르 결혼은 엄연한 '각자의 선택'이라는 사실이다. 독신생활이 신부, 수녀, 비구, 비구니와 같은 특수계층에게만 적용될 수 있다는 발상은 이제 그 설자리를 잃게 되었다.

　한 가지 분명한 사실은 결혼이 인간실존의 외로움을

완전히 치료해 줄 것이라는 기대는 본질적으로 환상에 불과하다는 사실이다. "혼자 있으면 외롭고, 같이 있으면 외롭지 않다"는 명제는 절대로 옳지 않다. 오히려 혼자 있을 때의 외로움보다 더욱 견딜 수 없는 것이 같이 있을 때의 외로움이다. 애인과 키스를 하고 있는 순간의 짙은 고독을 어찌 홀로 있음의 고독에 비교할 수 있겠는가.

인간은 본질적으로 외로운 존재다. 혼자 있어서 외로운 것이 아니다. 혼자 있어도 외롭고, 같이 있으면 더욱 외롭다. 연인이 없을 때보다는 있을 때가 더욱 외롭고, 남편이나 아내가 없을 때보다는 있을 때가 더욱 외롭다. 외로움이란 인간이 영원히 떨쳐버릴 수 없는 고질병이며 페스트인 인간의 분신이다.

나는 『철학적 인간, 종교적 인간』에서 이렇게 말했다.

외로움에 관한 한, 인간은 연약한 갈대에 불과하다. 극히 미세한 외로움의 바람이 불어도 몸 전체를 흔들어댈 수밖에 없는 연약한 갈대에 불과하다. 그리고 우리가 외로움을 벗어나려고 애를 쓰면 쓸수록 더욱 그 외로움의 수렁으로 빠지게 된다. 그것은 마치 곤충이 거미줄을 벗어나려고 몸부림치면 칠수록 더욱 그 그물에 얽히는 경우와 같다.

그럼에도 불구하고 왜 사람들은 결혼하는가? 대부분 사람들의 목표는 '안정'에 있다. 좀 더 편할 수 있고, 평생 생활비를 대주고, 필요할 때는 언제나 성교를 할

수 있으며, 평생 밥 지어주고 뒷바라지를 해주는 동반
자를 갖기 위하여 결혼한다. 다른 사람들은 사회적인
인습, 종족유지, 타인의 눈초리, 외부의 압력, 한 번의
지울 수 없는 실수 때문에 결혼하기도 한다.

물론 그들은 한결같이 사랑하기 때문에 결혼한다고
말한다. 그러나 이런 사랑 타령은 어디까지나 겉으로
내거는 슬로건에 불과하다. 그들의 진정한 이유는 "모
든 것을 따져서 결혼하는 것이 하지 않는 것보다 좋다"
는 공리주의적인 발상에 있다.

우리가 이런 약삭빠른 공리주의적 발상을 비판할 필
요는 없다. 이왕이면 다홍치마를 바라고 기왕이면 찰떡
을 바라는 것은 모든 사람의 상정(常情)이다. 그러므로
우리에게 남은 문제는 과연 우리가 어떤 면에서 결혼하
는 것이—혹은, 하지 않는 것이—그 반대의 경우보다
좋으냐는 질문이 되겠다.

결혼조건에도 여러 가지가 있다. 내가 젊었을 때는
'ABCDE'가 있었는데, 요즘엔 '가나다라'가 있다고 한
다. 그리고 내가 현재 위원으로 있는 서울 YMCA 해
외동포 결혼상담 센터에서 사용하는 배우자의 조건으로
는 거주 지역, 연령 차이, 가정 환경, 직업, 수입 정도,
재산 정도, 학력, 외모, 체격, 성격, 취미와 특기, 종
교, 가족 서열, 시부모의 부양 문제, 시부모와의 동거
문제, 술과 담배 등을 들고 있다.

그러나 최근의 한 통계에 의하면, 우리나라 여성은
이상적인 남편의 조건으로 경제력 및 사회적 지위·가

정환경·성격·외모를 내세우고, 남성은 이상적인 아내의 조건으로 외모·성격·가정 환경·경제력 및 사회적 지위를 꼽는다고 한다.

우리는 이 통계에서 몇 가지 특이한 사실을 발견하게 된다.

첫째, 배우자에 대한 여성과 남성의 바람이 서로 다르다. 여성은 경제력이 있거나 사회적인 지위를 가진 남성을 무조건 좋다고 보지만, 남성은 우선 여성의 외모를 가장 중요하게 여긴다. 그러니까 여성과 남성이 내세우는 배우자의 조건에 대한 우선 순위가 정반대라는 뜻이다. 남성은 여성의 외모를 가장 중요시하지만, 여성은 남성의 외모를 가장 덜 중요시한다. "얼굴 뜯어 먹고 산다"는 말과 "돈만 있으면 된다"는 말이 전혀 진리가 아님에도 불구하고.

돈만 있으면 아무리 무식하고 나이가 많아도 미스코리아와 결혼할 수 있으며, 무식이 뚝뚝 떨어져도 외모가 아름다운 영계면 재벌의 아들과 결혼할 수 있는 현실, 한심한 세상이 아닐 수 없다.

둘째, 성격에 대해서도 여성과 남성의 바람이 전혀 다르다. 남성은 순종형의 여성을 원하고, 여성은 활동형의 남성을 원한다. 그리하여 맞선에서 딱지를 맞지 않으려는 여성은 그저 '죽여 주십시오'라는 태도로 나와야 하지만, 고개를 제대로 들지 못하면서 수줍어하는 남성은 분명히 딱지를 맞게 마련이다.

이렇게 불리한 입장에서 결혼할 수밖에 없는 우리나라 여성들에게 나는 몇 가지 충고를 하겠다. 물론 이 충고는 남성에게도 그대로 해당된다.

첫째, 사랑은 감정이 아니라 지식이며, 느낌이 아니라 실천이다. 상대방을 더욱 잘 알려고 항상 노력하고, 과거의 추억보다는 현재의 실천으로 승화시키려고 노력해야 한다는 것이다.

대한불교진흥원이 펴낸 『설법자료집』에는 다음과 같은 일화가 있다.

사랑하는 연인이 있었다. 어느 날 둘은 냇가로 나갔다. 남자는 가슴이 벅차 무엇을 해야 할지 몰랐다.

하늘은 맑았다. 따사로운 햇살은 냇물에 반짝이고, 향기로운 꽃냄새가 미풍에 실려오고 있었다. 애꿎은 풀만 쥐어뜯다가 남자는 편지를 꺼냈다. 조용한 목소리로 읽기 시작했다. 사랑하는 마음을 도저히 말로는 표현할 수 없어서였다.

여자는 가만히 있었다. 남자는 끝없이 긴 편지를 읽고 있었다. 드디어 여자가 말했다.

"당신이 편지를 읽는 것은 나를 사랑한다는 뜻이 아닌가요? 그런데 나는 여기 있어요. 편지를 사랑하지 말고 나를 사랑하세요."

둘째, 그러나 우리가 결혼생활에서 사랑을 구체적으로 실천하기란 굉장히 어려운 일이다. 그리하여 어느 인류학자는 정상적인 결혼생활을 하는 부부까지도 상대방을 사랑한다고 느끼는 시간보다는 미워하는 시간이 많다고 말했다. 하여간 배우자는 상대방에 대하여 어느 경우에는 "저 친구는 왜 빨리 죽지도 않는가"라고 생각하기도 한다. 다만 남자는 이 말을 겉으로 내뱉지만 여자는 앙큼해서 속에 가지고 있는 차이가 있을 뿐이다.

물론 처음부터 사람보다는 몸뚱아리, 인간보다는 돈, 사랑보다는 가정을 보고 결혼한 사람들은 당연히 실망하게 되겠다. 그러나 문제는 순수하게 사랑하는 마음으로 짝을 맺은 부부까지도 사랑을 실천하기가 결코 쉽지 않다는 데 있다. 왜 그럴까?

물론 여기에는 여러 가지 경제적, 심리적, 가족적 이유가 있을 것이다. 그러나 그 중에서 가장 중요한 이유는, 완전한 결혼생활은 절대로 존재할 수 없으며, 오직 완전한 결혼생활을 추구하는 '끝없는 과정'만이 존재하기 때문이다.

어느 순간의 순수한 감정, 한 번의 짜릿한 키스, 몇 번의 정열적인 섹스는 절대로 결혼생활을 완성하지 못한다. 그것은 마치 불가능할 것임을 알면서도 끝없이 추구하는 — 정확히 말하면, 추구하지 않을 수도 없는 — 프로메테우스의 운명과도 같은 것이다.

나는 『철학적 여성학』에서 결혼생활을 정원가꾸기(gardening)로 비유했다. 화단을 가진 사람은 하루 종일 열심히 일했다고 해서 며칠간 그대로 훌륭한 꽃을 관상할 수 없다. 그것은 매일매일 가꾸어야 하는 것이다. 이와 마찬가지로 결혼은 절대로 한 번의—혹은 여러 번의—노력으로 완성되는 것이 아니다. 그것은 죽을

때까지 노력해야 겨우 꽃봉오리를 피울 수 있는 선상
(線上)의 삶이다.

셋째, 그러면 우리는 왜 한 번의 노력을 죽을 때까지
지속시키지 못하고, 첫사랑의 맹세를 평생 지키지 못하
고, 검은 머리가 파뿌리가 될 때까지 사랑하겠다는 지
고한 약속을 종종 파기하게 되는가. 그리하여 내가 원
하는 노력을 하지 않고 내가 하지 않으려는 야욕만을
갖게 되는 사도 바울의 고민, 알면서도 행하지 못하는
고민을 하게 되는가. 물론 여기에도 여러 가지 이유가
있을 것이다. 그러나 내가 보기에 가장 중요한 이유는,
결혼하는 대부분의 사람들이 결혼할 '자격'을 아직 갖추
지 못하고 있기 때문이다. 그리고 그 자격 중에서도 가
장 중요한 홀로서기를 하지 못하고 있기 때문이다.

성서는 "부모를 떠나서 두 몸이 한 몸이 되라"고 충
고한다. 많은 사람들이 이 충고의 후반부에 속하는 '하
나되기'만을 강조한다. 그러나 우리에게 더욱 중요한
것은 이 충고의 전반부인 '홀로서기'인 것이다. 물른 결
혼하는 사람이 반드시 부모를 물리적으로 떠나라는 뜻
은 아니다. 그러나 심리적, 경제적, 육체적으로 부모를
떠날 정도로 다른 사람들의 도움을 받지 않고도 이 험
한 세상을 떳떳하게 살 수 있어야 한다. 이것이 진정한
결혼의 자격조건이다.

예를 들어서, 여기에 여러 면에서 홀로서기를 할 수
없어서 상대방에게 의지하여 살기로 결심한 사람이 있
다고 하자. 다행히 그가 선택한 상대방이 뿌리깊든 나

무라면 그런대로 결혼생활을 유지할 수 있을 것이다. 비록 상대방의 그늘 밑에서의 자아발전은 불가능하겠지만. 그러나 불행히도 그의 상대방도 홀로서기를 할 수 없어서 결혼을 했다고 하자. 그 광경이 어떻게 되겠는가. 나는 『울고 있던 그녀가 어느새 주먹을 꼭 쥐네』에서 이렇게 말했다.

우리는 상대방에게 금전적으로나 감정적으로 의지해서 하나가 될 수 없다. 상대방이 필요해서 사랑하는 한, 하나가 될 수는 없다. 오직 사랑해서 필요한 단계에 이를 때만 진정한 만남이 될 수 있다. 진정한 만남은 둘이 만나는 게 아니라 홀로 선 둘이 만나는 것이기 때문이다.
우리는 이렇게 고백할 수 있어야 한다. "하나되기를 원하는 사람은 먼저 홀로되기를 연습하라." 혼자 있을 수 있는 사람만이 같이 있을 수 있다.

넷째, 흔히 우리는 연애는 이상이지만 결혼은 현실이라고 말한다. 그래서 결혼하는 사람은 이전에 가지고 있던 모든 이상을 포기해야 된다고 생각한다.
그러나 이런 발상이야말로 극히 위험한 일이다. 결혼은 '이상의 포기'가 아니라 '이상의 변용'이다. 과거의 '낭만적인 이상'을 '현실적인 이상'으로 승화시키는 것이다. 이렇게 결혼한 부부는 항상 문제의식을 가지고, 자신의 일상적인 삶을 반성하며, 깨어 있으면서 살아야 한다.

나는 『나는 '아니오'라고 말하는 여자가 좋다』에서 "문제가 없는 사람이야말로 문제가 있는 사람"이라고 주장했다.

직장생활이나 결혼생활을 반복하다 보면 아무런 문제도 느끼지 않기가 쉽고, 아무런 문제가 없기에 아무런 고민도 하지 않기 쉽다. 그러나 산다는 것은 문제를 찾는다는 뜻이며, 배운다는 것은 바로 그 문제를 가지고 씨름한다는 뜻이다.

여자는 왜 결혼하는가? 이 질문에 대하여 '모른다'거나 '잘 모르겠다'고 답변할 수밖에 없는 여성은 아직도 시집갈 자격이 없는 사람이라고 말한다면, 그것은 지나친 말일까?

사랑의 주체와 대상

우리는 진정 사랑할 수 있는 매력있고, 멋있고, 경제력이 있고, 지성적인 한 사람의 이성을 선택하려고 고민하고 눈물짓는 경우가 많다.

그리하여 천신만고 끝에 선택한 사랑의 대상이 우리의 기대에 어그러지거나 혹은 우리를 완전히 속였을 때 배신과 후회와 원망과 복수의 칼을 뽑을 수도 있다.

이런 사실은 가난한 샐러리맨의 얄팍한 월급 봉투— 요즈음은 현찰로 주지 않고 수표로 주기 때문에 더욱 얄팍해졌다—로 살아가는 주부가 시장에서 조금이라도 좋은 물건을 사려고 눈을 곤두세우거나, 유행에 민감한 숙녀가 '너무 싸게 팔아서 미안합니다'라는 히스테리칼한 싸인이 붙어 있는 백화점의 바겐 세일에서 눈을 곤두세우는 것과 별로 다름이 없다. 기왕이면 다홍치마이어야 하고, 같은 값이면 찰떡이 좋기 때문이다.

그 중에도 평생 살을 섞으면서 살아갈 한 사람을 선택하는 일이야말로 일생 일대의 큰 일이 아닐 수 없다. 그리하여 우리는 상대방의 성격과 가문을 따지고, 재산을 계산하고, 초등학교 시절의 성적을 열람하고, 심지

어는 건강 진단서를 요구하기도 한다.

그렇게 해서 일단 우리의 사랑이 결정되면 우리가 그렇게도 희구하던 행복·안정·사랑·포근함·평온함을 얻게 되고, 죽을 때까지 외롭지 않게 지낼 수 있을 것이라고 믿는다. '괴로운 선택의 장'이 끝나고 '즐거운 행복의 장'이 도래할 것이라고 믿는다.

그러나 우리는 선택에 온 신경을 곤두세움으로써 선택 다음에 우리가 스스로 찾아야 할 행복에 대한 노력을 포기하기 쉽다. 그러나 사랑의 대상의 선택이나 결혼 자체는 아무런 힘이 없는 것이다. 진정한 행복이란 우리 스스로가 그 다음에 만들어 가야 하는 것이다

어떤 직장에서 일을 하느냐도 중요하지만, 더욱 중요한 것은 그 직장에서 어떻게 일하느냐는 것이다. 이와 마찬가지로 우리가 누구를 선택하느냐도 중요하지만 더욱 중요한 것은 사랑의 주체가 바로 나라는 것을 인식하고 상대방을 어떻게 사랑할 수 있느냐는 문제를 가지고 고민하는 것이다. 무엇(what)보다는 어떻게(how)가 언제나 더욱 중요하다.

모든 사람은—우리의 훌륭한 사랑의 대상이라고 믿었던 사람이라도—우리를 실망시키게 마련이다. 그러므로 사랑의 본질을 사랑의 대상에서 찾으려는 사람은 끝없이 새로운 사랑을 찾아 헤매게 마련이다. 새로운 대상은 과거의 대상보다 더욱 훌륭할 것이라는 환상을 버리지 못한 사람의 '혹시나'의 기대는 언제나 '역시나'의 실망으로 끝나게 마련이다.

좀 지나친 말일지는 몰라도, 사랑의 대상은 실제로 아무래도 상관없다. 진정한 사랑은 상대방으로부터 사랑의 대상의 취급을 받고, 상대방을 사랑의 대상으로 취급하는 것이 아니다. 그것은 어디까지나 '바라는 사랑(desiring love)'이다. 성숙한 사랑은 먼저 상대방의 반려자가 되려는 '주는 사랑(giving love)'이다.

결혼 상대자를 직접 선택하지 않고도 행복하게 살 수 있었던 우리 조상들은 사랑의 본질을 사랑의 객체에서 찾지 않고 사랑의 주체인 그들 자신에게서 찾았던 것이다.

결혼의 성공은 적당한 짝을 찾는 데 있지 않고 적당한 짝이 되는 데 있다.

권태기란 무엇인가

　사람은 만남의 동물이다. 아무도 만나지 않는 사람은 성장할 수 없다. 하다 못해 독방에서 보내는 죄수도 책을 통하여 다른 사람들과 만나고 있다.

　그 중에도 남녀간의 만남은 가장 짜릿할 정도로 즐거운 만남이다. 남녀간에는 젊어서 만나도 좋고 늙어서 만나도 좋다. 한국에서 만나도 좋고 미국에서 만나도 좋다. 만나면 만날수록 더욱 만나고픈 것이 남녀간의 만남이다.

　그럼에도 불구하고, 우리는 종종 오랫동안 만난 사람에게—그렇게도 좋아서 오랫동안 교제하거나 결혼해서 같이 살던 사람에게—권태를 느끼기도 한다. 왜 그럴까? 여기에는 어떤 돌발적인 사고가 원인으로 작용할 수도 있다. 총각인 줄 알았던 사람이 유부남이었거나 나만 쳐다보고 있는 사람으로 믿었던 사람에게 다른 애인이 나타난 경우가 여기에 속한다.

　그러나 권태란 이런 것이 아니다. 실제로는 아무런 사건이나 변화가 발생하지 않았다. 그런데 어느날 갑자기 상대방에게 환멸을 느끼고, 의심이 생기고, 자신도 모르게 삶 자체에 짜증이 나는 경우가 있다. 그러므로 권태란 적어도 겉으로 보기에는 '이유없는 결과'라고 할 수 있다.

이것은 마치 실존주의에서 '공포'와 '불안'을 구별하는 시도와 다름이 없다. 공포는 대상이 있다. 호랑이를 보면 겁이 난다. 그러므로 공포는 그 대상을 제거하면 해결이 된다. 호랑이를 죽이면 공포는 사라진다. 그러나 불안은 대상이 없다. 그저 막연히 삶의 무의미성을 느낄 뿐이다. 그러므로 공포가 현실적이라면 불안은 실존적이며 철학적이다. 권태도 불안과 비슷한 것이다.

우리는 '유사한 권태'와 '진정한 권태'를 혼돈하기 쉽다. 오랫동안 사귄 애인이 갑자기 보기 싫거나 생각하기도 싫어지는 경우가 있다. 이런 상태는 엄밀히 말해서 권태가 아니라 증오의 경우다. 대부분의 경우에는 자신의 기대치에 부응하지 못한 상대방에 대한 실망에서 오는 증오의 현상이다.

이런 권태 아닌 넓은 의미의 권태는 처음 만난 파트너에게 느낄 수도 있고, 신혼여행에서 느낄 수도 있고, 친구간에 느낄 수도 있다. 그러나 진정한 권태란 이렇게 싫어지는 것이라기보다는 상대방을 전적으로 '필요없는 존재'로 느끼는 감정이다. 그래서 나의 삶 자체에 아무런 중요한 의미를 발견할 수 없게 되는 것이다.

붉은 옷을 입은 애인이 싫으면 푸른 옷을 입으면 해결된다. 그러나 어떤 옷을 입어도 아무런 관심이 없게 되는 상태, 특별히 증오할 필요조차 없다고 느끼는 상태, 그 사람이 이 세상에 있어도 좋고 없어도 좋다고 느끼는 상태, 그리하여 결국 자신의 삶 자체까지도 아무런 관심의 대상이 되지 않는 상태, 이것이 진정한 의미에 있어서의 권태다.

여기서 우리는 몇 가지 교훈을 얻을 수 있다.

첫째, 권태란 갱년기에 접어든 주부만 느끼는 것이 아니다. 그것은 사추기(思秋期)를 맞이한 남성만의 전유물이 아니다. 권태는 남녀노소에 관계없이 모든 사람을 침범한다. 조그만 허점을 보이면 금방 달려드는 맹수와 같다. 권태는 모든 인간을 비인간화시킬 수 있는 가장 무서운 침략자다.

둘째, 진짜 권태는 여성의 생리현상과 같이 정확한 주기를 따라서 나타나는 것이 아니다. 공연히 우리가 그것을 주기화시킬 뿐이다. 어떻게 삶에 대한 무의미성과 만남 자체에 대한 허무함이 한 달에 한 번씩이나 일년에 두 번씩 올 수 있겠는가.

그럼에도 불구하고 우리는 왜 권태를 주기화시키고 있는가. 그것은 우리가 권태를 외형화(外形化)시키기 때문이다. 삶 자체에 대한 내면적 불안을 대상에 의하여 나타나는 외면적 공포로 착각하기 때문이다. 이런 실례로는 부부의 권태를 육체적인 성에서 찾으려는 경향을 들 수 있다.

한 통계에 의하면, 우리 나라 남성의 38.7퍼센트와 여성의 36.5퍼센트가 성생활의 부조화가 이혼의 사유가 될 수 있다고 생각한다고 지적했다. 내가 보기에는 참으로 한심한 발상이다.

그 이유는 무엇인가? 우선 성이 사랑을 결정하는 것이 아니라 사랑이 성을 결정한다. 사랑하는 사람과의 성은 상대가 누구든지 맞게 마련이다. 돼지의 경우에는 성이 사랑을 결정할지도 모른다. 그러나 인간에게는 어디까지나 사랑이 본질이며 성은 사랑의 도구일 뿐이다. 물론 완벽한 성이 사랑에 보탬이 될 수는 있겠지만.

성이 맞지 않아서 이혼한다는 사람은 사실 이미 사랑을 상실한 사람이다. 식어버린 사랑을 이제 성이라는 외면적 현상으로 변명하고 있는 것이다.

셋째, 진정한 권태는 반드시 욕망의 좌절에서 오지 않을 수도 있다. 좌절된 욕망은 다시 채울 수 있으며, 적어도 다시 채우려고 노력할 수 있다. 그러나 욕망 자체가 없을 때의 권태는 어떻게 해야 한단 말인가.

우리는 실패, 좌절, 불합격 뿐만 아니라 재산획득, 지식, 쾌락에 대해서도 권태를 느낄 수 있다는 사실을 잊지 말아야 한다. 대부분의 사람들은 쾌락이 없을 때 권태를 느낀다고 말한다. 그러나 사람은 쾌락의 절정에서도 권태를 느낄 수 있고, 쾌락이 끝난 다음에는 더욱 허전한 권태를 맛보게 된다. 왜 그럴까?

우선 쾌락이란 점점 강도가 높아져야 권태를 느끼지 않는다. 처음에는 이성친구와 같이 길만 같이 걸어도 가슴이 두근거린다. 그러나 시간이 지나면 그것으로는 만족할 수 없고 손목을 잡아야 한다. 그러나 시간이 더욱 지나면 손목잡는 것만으로는 만족할 수 없다. 키스를 해야 시원하다.

이렇게 쾌락이란 지속적으로 강도가 높아져야 실망하지 않는 속성을 가지고 있다. 쾌락의 극치인 성관계에서조차 권태를 느낄 수 있는 이유가 여기에 있다.

왜 우리는 권태를 느끼는가? 그것은 한 마디로 우리가 '너무나 많은 것들'을 기대하고 시도하기 때문이다. 크리슈나무르티는 이렇게 말한다.

만일 당신이 왜 지루한지 그 이유에 대하여 관심이 없다면, 당신은 자신을 강요해서 어떤 일에 흥미를 갖도록 할 수 없을 것입니다. 그것은 마치 다람쥐가 쳇바퀴를 돌듯이 그저 기계적으로 움직이는 것입니다. 대부분의 사람들이 구의식 중에 이렇게 행동하고 있습니다.

그러나 우리는 외면적으로나 내면적으로 지루한 이유를 발견할 수 있습니다. 즉, 우리는 육체적으로나 정신적으로 너무 피로해 있습니다. 우리는 센세이셔널한 것, 오락과 실험 등 너무나 많은 일을 하기 때문에 지루하고 지쳐 있습니다.

모든 사람은 욕심꾸러기다. 아침이슬과 같은 짧은 세상에서 너무나 많은 것을 상대방에게 기대하고, 너무나 많은 것을 우리들 스스로 시도하고 획득하려고 느력한다. 그러나 성서는 분명히 "욕심은 죄를 낳고, 죄는 사망을 낳는다"고 가르치고 있다.

권태를 극복하려면 우선 '잠깐 휴식을 취할 펼요'가 있다. 특히 현대인은 너무나 바쁘게 뛰고 너무나 분주하게 움직인다. 마치 잠시도 제자리에 서지 못하는 생쥐와 같다, 우리는 이런 삶을 '생쥐 경주와 같은 삶'(a rat-racing life)이라고 부를 수 있다.

우리는 지금까지 바쁘게 일해 왔으며, 하나의 흥분에서 다른 흥분으로 옮겨가면서 살아 왔으며, 하나의 성취에서 다른 성취를 시도하면서 살아 왔다. 그래서 우리는 결국 왜 이렇게도 바쁘게 살아야 하는지조차 망각하고 살아 왔다.

여기서 우리는 크리슈나무르티가 말한 '토양의 부활'을 음미할 필요가 있다. 대지는 겨울에 꽁꽁 얼어 있다. 그래서 신록을 배양하던 여름과는 달리 그저 동면의 상태에 들어갔다고 생각한다. 그러나 대지는 그 추운 겨울 동안에 다시 자체의 영양제를 보강하는 것이다. 이 재충전의 시기가 없다면, 어떻게 대지는 다시 봄에 꽃을 피울 수 있겠는가.

이와 마찬가지로 사람의 정신은 — 얼마동안의 휴식 기간을 주기만 하면—스스로 소생하는 자생력을 가지고 있다. 마치 스스로 재충전되는 밧데리와 같이.

권태는 너무 많은 것에 대한 바람과 시도에서 온다. 적당히 추구하는 사람은 권태를 모른다. 삶에 대한 동양의 관조적인 태도를 배울 필요가 바로 여기에 있다.

멋과 유행

모든 사람은 다른 사람들이 가지고 있지 않은 자신만의 멋을 가지고 있어야 한다. 특히 멋부리기에 신경을 곤두세우고 사는 청소년들은 언제나 멋대가리가 없는 사람, 멋이라고는 근처에도 가보지 못한 사람, 멋을 부릴 필요조차 없다고 생각하는 사람이 되지 말아야 한다. 자신의 생각과 말과 행동에 나름대로의 멋을 가지고 있어야 한다.

그렇다고 해서, 멋을 부리려면 반드시 다른 사람들과 정반대되는 행동을 하는 괴짜가 되어야 한다는 뜻은 아니다. '이유없는 반항'이 어느 시기에는 멋과 같아 보이지만 그것이 언제나 제임스 딘을 만드는 것은 아니며, 청소년들이 사회에서 금기시하는 술을 마시고 담배를 피우는 것은 오히려 어른 흉내를 낸다는 뜻에서 젊은이의 멋과 거리가 멀게 된다.

예를 들어서, 한때 철학자는 여름에도 겨울 외투를 입고 다니며, 공연히 남의 말 꼬투리를 잡고 늘어지며, 지붕이 새어 비가 떨어져도 책만 읽는 사람으로 인정된 시절이 있었다. 그리하여 서양철학의 아버지인 탈레스

는 하늘을 처다보면서 천체(天體)를 연구하는 데 너무
전념하다가 땅을 보지 못하여 구덩이에 빠져 죽었다고
한다. 그러나 요즘 이런 구름 잡는 일에만 몰두하는 철
학자는 사이비 철학자로 몰리고 있다. 철학이 인생을
연구하는 것이라면, 철학자들도 구름으로부터 내려와서
우리가 살고 있는 현실에 두 발을 굳게 밟고 사색해야
하기 때문이다.

다른 한편으로, 멋이란 분명히 남이 하는 대로 하는
데서 오지는 않는다. 남이 푸른 옷을 입으면 따라서 입
고, 남이 하는 말을 따라서 하고, 하다 못해 남이 생각
하는 식으로 따라서 생각하는 사람을 우리가 어떻게 멋
쟁이라고 부를 수 있겠는가.

요즘 젊은이들은 멋과 유행을 동일시하는 경향을 가
지고 있다. 유행이란 어느 경우에는 다른 사람들의 모
양을 그대로 따라가지만, 다른 경우에는 바로 그 유행
을 거슬리는 반유행을 따를 수도 있다. 그래서 요즘에
는 멋이 유행을 만드는 것이 아니라 유행이 멋을 만든
다고 생각한다.

내가 보기에 요즘의 이런 추세는 참으로 한심한 발
상일 뿐만 아니라—청문회의 표현을 빌리면—위증(僞
證)의 경우에 속한다. 유행이 어느 정도 멋을 도와 줄
수는 있지만 근본적으로 멋이란 '사람'으로부터 나오는
것이기 때문이다.

첫째, 우리는 흔히 "돌고 도는 것은 돈"이라고 말한

다, 그러나 정말 시대와 장소에 따라서 돌고 도는 것은 유행이다. 그리하여 겨울 옷을 여름에 입는 사람이 유행을 따르는 사람이 될 수도 있고, 한 가지 양복을 10년 입는 사람은 한때 유행의 첨단을 걷는 사람이 될 수도 있다. 한 마디로 유행은 절대적인 가치를 가지고 있지 않다.

둘째, 우리는 유행에서 가장 중요한 것은 남을 무조건 따르지 말고 자신의 개성을 살리는 것이라고 말한다. 세인쯔베리(George Saintsbury, 1845~1933)가 "나는 패션을 따르기 위하여 패션을 따른 일이 없고, 패션을 따르지 않기 위하여 패션을 따르지 않은 일이 없다"고 말한 이유도 여기에 있다. 분명히 멋은 동일화(同一化)에 있지 않고 개성화(個性化)에 있다.

그런데 우리는 이마가 넓은 사람의 화장과 입이 큰 사람의 화장은 달라야 하고, 옷의 색깔과 썬글라스를 조화시키고, 가능한 한 쌍꺼풀을 만들고, 외국의 최첨단 유행을 따르는 것을 개성화라고 생각한다. 그러나 이런 발상은 결국 개성화가 아니라 몰개성화(沒個性化)의 표본이 될 수밖에 없다. 예를 들어서 요즘 젊은 여성들은 섹스 어필하게 보이려는 한 가지만을 추구하고 있으며, 그 속에서의 조그만 차이점만을 추구하는 몰개성화 길을 걷고 있다.

진정한 멋은 유행에서 오는 것이 아니라 각자가 가지고 있는 독특한 사고방식, 생활태도, 인생관을 바탕으로 한 용기에서 나오는 것이다.

나는 이 글을 태커레이(William M. Thackeray, 1811~
1863)의 말로 끝맺고 싶다.
"용기는 영원한 패션이다"(Bravery never goes out
of fashion).

3.

왜 '아니오'라고 말하는
여자가 좋은가

하우스와 홈

소박하면서도 다정한 가정의 모습을 생생하게 묘사한 제롬(J.K.Jerome, 1859~1927)의 「작은 배를 탄 세 남자」에는 다음과 같은 구절이 있다.

꼭 필요한 것만을 실은 작은 배
그대 생명의 작은 배에 불을 켜라
가정다운 가정과 간단한 오락기구
한 두 명의 친구
사랑할 사람과 그대를 사랑하는 사람
고양이 한 마리, 강아지 한 마리
한 두 개의 파이프,
적당한 음식과 적당한 옷가지….

사랑하는 두 연인과 그들의 친구들, 그들을 따라다니는 고양이와 강아지, 적당한 음식과 옷가지, 파이프 연기 속에서 기울이는 술잔, 그것도 물결이 출렁이는 배 위에서의 낭만. 이 모든 것들이 전형적인 서양식 가정의 모습이다.

그러나 내가 여기서 특별히 관심을 갖는 표현은 '가정다운 가정'(a homely home)이라는 구절이다. 물론 이 표현은 도배와 장판이라도 제대로 된 외형적인 집을 지시할 수도 있다. 그러나 여기서는 분명히 그런 외형적인 하우스(house)가 아니라 홈(home)이라고 표현했다. 그렇다면 가정답지 않은 가정, 가정스럽지 못한 가정, 가정의 외형적인 요소는 전부 가지고 있으면서도 진정한 가정이 아닌 가정도 존재한다는 뜻이 아닐까.

나는 이 시를 읽으면서 갑자기 우리 나라의 형편을 생각하게 되었다.

첫째, 불행히도 우리 사회에는 아직도 집 한 칸을 갖지 못한 사람들이 너무나 많다. '가정다운 가정'은 고사하고 하루의 피곤한 육체를 쉴 수 있는 아파트 한 채가 그림의 떡인 사람들이 아직도 많이 있다.

내가 여기서 '아직도'라고 표현하는 이유는, 이 후진국형 현상이 88올림픽을 치른 한국의 형편으로는 너무 한심한 일이기 때문이다.

둘째, 그러나 내가 보기에 더욱 한심한 일은, 집을 가지고 있으면서도 집이 없는 사람들이 우리 주위에 너무나 많다는 사실이다. 마치 "죽음도 죽음에 이르는 병이 아니다"라는 키에르케고르의 역설과 같이.

집은 어떤 곳인가? 하루 종일 직장에서 시달린 월급쟁이가 발을 쭉 펼 수 있는 곳, 돈으로 살 수 없을 정도로 정성이 담긴 아내의 저녁상이 있는 곳, 토끼같은 자식들과 마음대로 뛰고 놀 수 있는 곳, 자신의 장점

뿐만 아니라 단점까지도 쉽게 노출시킬 수 있는 곳, 한 마디로 이 세상에서 가장 편한 곳이다. 그래서 영어에는 "이 세상에 집만한 곳은 없다"(There is no place like home)는 표현도 있다.

그런데 요즘 번듯한 집이라도 가진 졸부들은 집을 하나의 전시장으로 착각하고 있다. 나는 『삶이 무엇이냐고 묻는다면』에서 이렇게 말했다.

원래 집이라는 하우스가 가정이라는 홈이 되려면 '꼭 필요한 것만을 실은 작은 배'가 되어야 한다. 필요하지도 않은 가구를 휘황찬란하게 들여 놓고 장식용 전집류의 책들로 벽면을 도배하는 행위는 가정을 전시장으로 착각하는 것이다.

더 나아가서, 집에서 필요한 것은 최고급 요리도 아니고 외제 의복도 아니다. 오직 '적당한 음식'과 '적당한 옷가지'가 필요할 뿐이다. 기독교인들이 예배할 때 10년 먹을 양식을 기원하지 않고 일용할 양식(a daily bread)을 요청하는 이유도 여기에 있다.

값비싼 집을 가지고 있으면서도 실제로는 집다운 집을 못 가지고 있는 현대인들, 이 현대판 무주택자들은 언제 철이 날 것인가.

셋째, 하우스가 하우스로 남지 않고 홈이 되려면 그 속에 '사람'이 있어야 한다. '사랑할 사람과 그대를 사랑하는 사람'이 있어야 한다. 더 나아가서 정말 포근한 집은 사랑하는 두 연인만의 은신처가 아니다. 그곳은 고양이가 있고 강아지가 있고 친구가 있는 곳이다. 그리고 그들과 같이 '간단한 오락기구'를 가지고 놀면서 웃음꽃을 피우는 곳이다.

일찍이 희랍의 시인 호머는 "나는 여러분에게 남편과 가정을 주겠다"는 표현을 사용한 일이 있다. 남편만 주지않고 가정까지 주겠다는 뜻이다. 그러므로 남편만 있으면 가정이 되고, 여우같은 마누라만 있으면 부부가 되고, 아이들만 있으면 스위트 홈이 되는 것이 아니다. 그 속에 사람과 사람의 만남이 있어야 한다.

우리의 현실은 어떤가? 월급봉투는 있어도 가계부가 없고, 부부는 있어도 대화가 없고, 자식은 있어도 웃음이 없다. 외형적인 것들은 전부 갖추어져 있으면서도 사람들의 가슴과 가슴이 만나지 못하며 삶의 양념인 낭만이 없는 실정이다.

넷째, 오늘날 주부들이 집을 전시장으로 생각하고 남편들이 집을 하숙방으로 생각한다면, 아이들에게 있어서 집은 '호텔이 되지 못한 여관'으로 정착될 것이다. 비싼 장난감도 마음대로 살 수 없는 곳, 친구들과 마음대로 전자게임을 할 수 없는 곳, 부페 식사만도 못한 저녁상이 나오는 곳으로 정착될 것이고, 그래서 아이들에게도 집은 가장 들어가기 싫은 곳이 되는 것이다.

집은 가장 포근한 우리들의 안식처가 되어야 한다. 룸싸롱에서 팍 풀어지도록 긴장을 풀고 놀다가 다시 긴장에 쌓이는 곳도 아니며, 매일매일 똑같은 밥상차리기에 진절머리가 나는 곳이 아니며, 3류 호텔도 아니다.

　집은 우리의 몸과 마음을 편히 쉴 수 있는 곳일 뿐
만 아니라 우리의 육체와 정신과 영혼이 정화되고 발전
되고 승화되는 곳이다. 한 마디로 그 곳은 자유의 공기
가 충만한 곳이다.

금고리 낀 돼지가 되지 말자

전통적으로 보석의 조건으로는 세 가지를 든다.

첫째로 보석은 뭐니뭐니 해도 아름다워야 한다. 색깔이나 모양이 다른 것들에 비해서 월등히 아름다워야 한다. 우리가 흔히 "보석도 닦아야 보석"이라는 말을 하는 이유도, 보석이란 일단 광채가 날 정도로 아름다운 모양을 가지고 있어야 한다는 뜻이다.

둘째로 보석은 유리나 일반 돌멩이보다 강해야 한다. 특히 보석 중에도 다이아몬드는 가장 높은 강도(强度)를 가지고 있어서, "다이아몬드만이 다이아몬드를 자를 수 있다"는 말이 있다.

셋째로 보석은 희귀해야 한다. 강변의 모래같이 어디든지 구할 수 있는 것이라면 그것이 아무리 아름답고 강도가 있어도 보석이 될 수 없다. 우리가 흔히 "황금을 보기를 돌같이 하라"고 말하는 이유도, 흔하디 흔한 돌과 희귀한 금을 대비하는 말이다.

그러나 우리가 아름다움(beauty), 강도(hardness), 희귀함(rarity)이라는 세 가지 조건으로 보석을 완벽하게 결정할 수 있는 것은 아니다. 우선 아름다움의 기준이란 것이 '제 눈에 안경'이라 한 사람에게 정열을 상징하는 루비의 붉은 색깔은 다른 사람에게 피와 살인을 상징할 수도 있고, 푸르디 푸른 사파이어를 어느 사람은 청명한 가을 하늘로 보기도 하고 다른 사람은 너무 차가운 인상을 받기도 한다.

또한 강도만 해도 단단하면 할수록 좋은 것도 아니다. 강도가 가장 낮은 보석 중에서도 오팔은 많은 사람들의 사랑을 받으며, 특히 불꽃이 튀는 듯한 파이어 오팔은 조명에 따라서 각기 다른 빛을 발하기도 한다. 사실 단단할수록 좋다면 우리는 차돌멩이를 사랑해야 할 것 아닌가.

별로 아름답지도 않고 그리 강하지도 않은 보석의 대표로는 중국인들이 특별히 사랑하는 비취가 있다. 아무리 봐도 비취는 유리 조각만치도 아름답지 않고 그렇다고 해서 굉장히 단단하지도 않다.

일본의 작가 주니치로는 번쩍이는 것만을 사랑하는 서양인과 대비된 동양인의 성품을 이렇게 표현했다.

중국인은 비취를 사랑한다. 수백년 동안 응축되었던 공기가 천천히 용해되어 더욱 깊은 곳으로 흘러가듯이, 흙에 묻혀서 광채가 별로 나지 않는 이 신기한 돌멩이를 굉장히 사랑한다. 아마도 동양인들만이 이 비취의 매력을 알고 있지 않을까?

우리는 이 돌에서 찾을 수 있는 것을 정확히 표현할 수 없다. 그것은 루비나 에메랄드의 아름다움이나 다이아몬드의 번쩍거림도 가지고 있지 않다. 다만 우리가 비취의 그늘진 표면(shadowy surface)을 보고 있노라면, 우리는 중국인들의 사고방식을 알 수 있으며, 중국의 오랜 역사의 누적된 앙금을 발견할 수 있으며, 중국인은 표면과 그 표면의 그림자를 동시에 사랑한다는 사실을 알게 된다.

우리는 휘황찬란한 것을 모두 싫어하지 않는다. 그러나 우리는 가냘픈 투명보다는 수심에 잠긴 그림자를 더욱 사랑한다.

동양인은 보석 자체 뿐만 아니라 그 보석이 가지고 있는 빛과 그림자를 동시에 사랑한다. 인광을 내는 보석은 어둠 속에서 광채와 색깔을 더욱 드러내지만 밝은 대낮에는 그의 아름다움을 오히려 상실하게 마련이다.

분명히 과거의 동양인들은 도교의 소욕지족(小慾之足)의 사상과 공수래공수거(空手來空手去)라는 불교의 무상사상을 가지고 있었다. 그리하여 술은 반취가 좋고, 꽃은 반개(半開)가 좋고, 복은 반복(半福)이 좋다고 믿었다. 너무 만족한 상태를 바라는 것은 극히 위험하며, 그것은 도리어 눈물의 씨앗이 된다고 믿었다. 중국인들이 모양도 없는 비취를 사랑하고 우리 할머니들이 때가 긴 은반지를 그렇게도 사랑할 수 있는 이유도 여기에 있을 것이다.

그런데 요즘은 어떻게 되었는가?

첫째, 우선 모든 사람들이 휘황찬란하고 번쩍거리는 것만을 좋아한다. 광채가 나지 않는 것은 보석이 아니며, 빛깔이 나지 않는 사랑은 사랑이 아니며, 남의 시선을 확 잡아다닐 정도의 얘기가 아니면 화제가 아니다. 조용한 모나리자의 웃음은 이제 옛날 얘기가 되었다.

둘째, 요즘은 무조건 비싼 것은 사랑한다. 비싸면 비쌀수록 더욱 사랑한다. 그래서 50만 원짜리 반지가 팔리지 않을 때는 2백만 원으로 가격을 고치면 곧 팔리는 실정이다.

셋째, 요즘에는 보석뿐만 아니라 어떤 것이든지 희귀하기만 하면 사재기를 해서 일확천금을 노린다. 고추 농사가 잘못 되면 고추를 전부 사들이고, 기름이 모자란다는 소문만 나면 왕창 사들인다.

아름다움, 강도, 희귀함이라는 보석의 옛날 조건은 오늘날 번쩍거림(brightness), 가격(price), 희귀함(rarity)으로 변질되었다.

그러나 인생과 마찬가지로 보석에는 언제나 예외가 있게 마련이다. 예외없는 규칙은 없다. '비속한 사람들만이 좋아하는 가짜 보석'이라는 말이 있지만, 서양에도 교양있는 여성들은 가짜 진주 목걸이를 당당하게 걸치고 파티에 나가기도 하고, 화려한 의상에 투박한 액세서리가 더욱 돋보일 수도 있고, 천연산보다는 양식 진주가 더욱 아름다울 수도 있다. 절대로 가짜를 사용할 수 없고, 보석과 교양은 비례한다고 생각하고, 보석과 걸어가는 돈지갑을 착각하고 있는 우리나라 여성들은 보석의 본질을 다시 한 번 회상할 필요가 있다.

보석이 사람을 아름답게 만들지 않는다. 비숍(Elizabeth

Bishop)의 표현을 빌리면, 그런 보석은 '자체만을 영원히 유지하면서 장식하는 무덤 속의 보석'(a jewel in a tomb that saves itself perpetually and adorns only itself)과 다름이 없다. 결국 보석같은 마음을 가진 사람에게 보석은 더욱 빛날 수 있으며, 어떤 경우에는 모든 액세서리가 그의 보석이 될 수 있으며, 극단적인 경우에는 아무 것도 걸치지 않은 것이 그의 보석일 수도 있다.

성서는 이렇게 말한다.

"아름답지만 분별이 없는 여인은 마치 돼지의 코에 낀 금고리와 같으니라."

누가 젊은 사람인가

언젠가 10년이 젊어진다면 무엇을 하겠느냐는 글을 청탁받은 일이 있다. 거기서 나는 만약 내가 10년이 아니라 단 5년만 젊어질 수 있다면 현재 내가 습득한 학력, 지성, 명예를 모두 버릴 용의가 있다고 말했다. 이런 생각은 지금도 마찬가지다.

도대체 젊음의 속성이 무엇이길래 현재 내가 가지고 있는 '모든 것'을 버릴 용의가 있는가?

첫째, 젊음의 속성은 싱싱하고 산뜻하고 삐딱함에 있다. 세익스피어가 젊은이를 '샐러드 시절'이라고 비유한 이유도 여기에 있다. 젊은이는 감정, 지성, 사상에 있어서 신선한 채소와 같은 활력을 갖고 있다는 뜻이다.

양주동이 젊은이를 '선행사(先行詞)'라고 비유한 이유도 여기에 있다. 젊은이는 남의 눈치를 보지 않으며, 모든 형식에서 벗어나서, 모든 일에 남보다 빨리 뛰어드는 속성을 가지고 있다는 뜻이다.

젊은이는 소금에 절인 배추마냥 후적지근하거나 무력하거나 진부해서는 못쓴다. 그는 어느 시대에나―특히 이렇게 저미·혼미한 환경에서는—발군(拔群)의 창의자요, 선도적인 기수요, 건설적인 개척자요, 민중계몽의 선행사라야 한다. 그런 그에게 외래풍조의 무분별한 모방은 넌센스요, 기성세대의 타성적인 추종은 굴욕이다.

또한 그는 근본적으로 흑과 백, 미와 추, 정과 부정, 의와 불의를 명확히 변별·인식하는 선천적 능력을 가졌고, 이른바 이론과 실천을 워낙 동일시하는 체질적 장점을 가졌다.

청년은 저 중년 이후 사람들의 항용 귀의처인 '타협'과 '호도'를 일체 눈도 거들떠보지 말아야 한다. 청년은 또 무슨 일에 있어서나 실질(實質)을 위주로 해야 하며 일체의 형식주의를 지양한다.

둘째, 젊은이의 또 다른 속성은 실수할 수 있다는 것이다. 이것 저것을 모두 재고 뛰어들지 않고, 단지 정열 한 가지만 가지고 천하를 평정할 수 있다는 듯이 모든 일에 성급하게 뛰어들기 때문이다. 젊은이는 이런 시행착오의 과정을 거쳐서 성장하는 것이다.

요즘 어른들을 젊은이에게 전혀 실수할 기회를 주지 않는다. 조금만 선을 지나쳐도 중벌로 다스린다. 결국 젊은이는 시행착오의 과정을 갖지 못하게 되고, 그 결과 어른이 되어도 어린애의 기질을 버리지 못하게 된다.

가장 이상적인 대우는, 어른의 실수는 중벌로 다스리고 젊은이의 실수는 후하게 다스리는 것이다. 그럼에도 불구하고 요즘 우리 사회에서 어른들의 작태는 눈감아

주고 젊은이들의 조그만 실수는 백주에 폭로시키는 잔인성이 판치고 있다. 시위에 한 번 참여했다고 며칠씩 구류를 살게 하는 경우가 바로 여기에 속한다. 어른들의 공공연한 부정, 비리, 부패는 그대로 놓아두면서.

하긴 장기에 한 번도 지지 않는 가장 확실한 방법은 아예 장기를 두지 않는 것이라는 농담이 있다. 도전하지 않으면 실패도 없다는 뜻이다. 그러나 도전도 하지 않고 실수도 한 번 하지 않은 젊은이가 어떻게 어른으로 성숙하기를 바랄 수 있겠는가?

나는 요즘 너무나 많은 젊은 애늙은이를 만난다. 옷은 청바지로 빳빳하게 입었는데 행동거지와 사고방식이 이미 어른이 되어 있는 젊은이들을 의외로 많이 만난다.

우선 이른바 성실한 젊은이들은 너무나 점잖고 너무나 말을 잘 듣고 너무나 눈치가 빠르다. 그러나 젊은이는 어디까지나 젊은이와 같이 생각하고 말하고 행동해야 한다. 마치 이 세상에는 자기 혼자만 사는 듯한 도도한 이상을 가지고 있어야 할 젊은이가 벌써부터 어른들의 눈치에만 신경을 곤두세우고 있다. 양주동은 다시 이렇게 말한다.

청년은 어디까지나 젊고 발랄하고 뛰놀고 능률적이어야 한다. 물론 그렇다고 그들에게 방종과 조로(粗鹵)와 까불음을 권장하는 것은 아니다. 그러나 새 시대의 주인공들에게 충분한 활동의 그라운드와 도약의 대를 쾌히 마련·허용하여 줌

이 연장자들의 당연한 의무가 아닐까. 그러기에 나는 청년학도들에게 너무 얌전과 복종만을 강요하여 그들의 기백과 용기를 지지르는 종류의 교육에 회의를 가진다.

'이유 없는 반항'은 성가신 일이다. 그러나 '반항 없는 자녀'를 가진 부모는 쓸쓸한 존재이다.

대부분의 요즘 젊은이들은 너무나 타산적이다. 자신에게 이익이 되지 않는 일에는 절대로 참여하지 않고, 자신의 이익에 관한 일에는 만사 제치고 덤벼드는 실정이다. 나는 이런 젊은이들에게 좀 어리석기를 권장한다. 도대체 벌써부터 수지타산에 이렇게 밝아서 언제 큰 일을 할 수 있겠는가? 우리는 여기서 일찍이 공자가 그의 수제자인 안회(顔回)의 어리석음을 칭찬한 일(回也如愚)을 상기할 필요가 있다.

다시 양주동의 말을 들어보자.

남산의 소나무는 쭉쭉이 뻗어 올라가지만, 화분에 심은 나무는 꼬부랑꼬부랑 제아무리 묘하게 보이고, 가장 약은 것 같고 현명한 체 하지만, 결국 큰 재목은 못 된다.

더구나 지금은 사회적 언짢은 풍조와 경제적 어수선에 휩쓸려서 청년학도들 일부조차 혹 정직과 노력과 소질을 어리석은 일로 생각하고, 수단과 불로소득을 현책(賢策)으로, 내지는 사치·퇴폐 등을 심상히 여기는 경향이 있는 듯하다. 그러나 그런 생각은 결국 "약빠른 고양이가 밤눈을 못 보는 격"이요, 스스로를 열등 국민·패망 민족으로 이끄는 가장 위태로운, 슬퍼할 만한 현상이다.

콩 심어 팥나는 경향을 본 일이 있는가? 태양은 역시 아무런 때에도 동에서 솟고, 강물은 굽이쳐도 바다로 드는 것, 거죽보다 알맹이가 결국 실체(實體)이다.

청년들이여, 부디 잔꾀를 무시하라. 실력만을 기르라. 고개를 쳐들고 어깨를 젖히고, 이 비상한 시대, 비록 저미·혼돈한 환경에서라도 항시 정정당당한 걸음으로 겨레에 앞장서 세계와 역사의 크나큰 공로(功路)를 걸으라.

끝으로 나는 젊은이들에게 고독을 자주 경험을 하라고 권하고 싶다. 원래 사람은 더불어 살면서 사회적 동물로서의 필수요건을 배우고, 고독한 혼자만의 사색을 통하여 자신의 영혼을 살찌우게 한다.

너무 혼자서 지내는 사람이나 너무 어울려서만 지내는 사람은 한 쪽으로 치우치게 된다. 그런데 요즘 젊은이들은 여럿이 몰려 다니면서는 굉장히 신나게 놀면서 잠시도 혼자서는 지낼 수 없는 듯이 보인다. 고고장에 가서 발랄하게 춤을 추던 젊은이가 대낮에 1시간 혼자 있게 되면 공연히 이 친구 저 친구에게 전화질을 하는 실정이다.

그러나 프롬(E. Fromm)은 분명히 말했다. "혼자 있을 수 있는 사람만이 같이 있을 수 있는 사람"이라고.

젊은이는 친구, 애인, 파트너를 찾아 헤맨다. 그러나 그가 혼자서는 잠시도 가슴이 시려 견딜 수 없어서 애인을 찾고, 또한 상대방도 같은 이유에서 이쪽에 의지하려 한다면, 그들의 만남이 어떻게 되겠는가. 모름지기 젊은이는 바람에 흔들리지 않는 뿌리 깊은 나무가 되도록 노력해야 한다. 경제적, 심리적, 육체적으로 부모에게 의존하지 않고 자신의 삶을 스스로 해결해 나갈 수 있는 큰 나무가 되도록 노력해야 한다.

가을은 결실의 계절이고 추수의 계절이고 풍요의 계절이다. 그러나 가을은 동시에 겨울을 준비하는 사추기(思秋期)의 계절이다. 이 사색의 계절에 고독을 가장 이상적으로 경험하는 젊은이는 앞으로 닥칠 겨울보다 더욱 혹독한 세상의 추위를 거뜬히 견딜 수 있을 것이다.

일찍이 대화의 철학자인 마르틴 부버는 우리들의 대부분의 만남은 진정한 만남(meeting)이 아니라 어긋난 만남(mismeeting)이라고 말했다. 상대방을 '나와 너'의 관계로 파악하지 않고 언제나 나의 이익을 전제로 한 '나와 그것'의 관계로 파악하기 때문이다.

물론 이해타산만 따지는 젊은이들도 어느 때는 서로 '동지'가 될 수 있다. 그러나 그것은 바로 그들의 이익이 서로 맞아 떨어졌기 때문이며, 그들의 공통의 이익이 어그러지면 언제나 '원수'가 된다. 뜻으로 만난 것이 아니라 처음부터 이해타산으로 만났기 때문이다.

그래서 우리는 사색에 대해서도 이렇게 말할 수 있다. 사색하는 젊은이만이 사색하는 젊은이를 만날 수 있다고. 생각하지 않는 젊은이는 또 그런 사람을 만난다고. 이 세상의 모든 일은 유유상종(類類相從)이다.

법이 무서워 간통이 없어지랴

언젠가 부산지법 제3민사부 김백영 판사는 검찰이 청구한 어느 간통 피의자에 대한 구속영장 발부를 일단 유보시킨 채 간통죄에 대한 위헌심판을 헌법재판소에 제청한 일이 있다. 그는 이 제청의 이유를 "사적인 윤리의 문제인 부부간의 애정관계에 국가가 개입하여 형벌을 다스리는 것은 부당하다고 생각해온 데다가, 인신구속은 당하는 사람의 사생활에 엄청난 변화를 가져오므로 신중히 처리해야 한다는 소신에서 취한 것"으로 설명했다.

현재 법조계는 전반적으로 간통죄 폐지나 간통죄 위헌 쪽으로 공감하고 있으며, 법무부는 이미 형법개정 시안에서 간통죄를 삭제해 놓고 있다. 간통죄는 조만간 폐지될 운명에 놓인 것 같다.

그러나 유림회를 대표로 한 많은 사람들이 간통죄를 적극 찬성하고 있으며, 간통죄를 폐지하면 곧 말세가 오는 양 믿고 있다. 그들의 논리는 크게 두 가지로 나눌 수 있다.

첫째, 간통은 개인과 개인의 문제일 뿐만 아니라 사회의 문제다. 그러므로 국가는 개인의 보호라는 차원과 사회의 원만한 유지라는 차원에서 당연히 개인사에 간여하고 제지하고 벌을 줄 수 있다.

그러나 이런 주장은 별로 설득력이 없다. 개인을 보호하기 위하여 국가가 사생활을 침해할 수 있다는 주장이야말로 전체주의적 발상이 아닐 수 없다. 예를 들어서, 신혼부부가 너무 자주 성관계를 갖는 것이 건강을 해칠 수 있다는 명목으로 국가가 그들의 성의 횟수를 결정할 수 있겠는가. 이런 간섭이야말로 쥐 한 마리 잡으려다가 독을 깨는 경우에 해당된다.

또한 사회를 원만히 유지하기 위하여 개인사에 관여해야 된다는 주장도 별로 설득력이 없다. 도대체 이 세상에 누가 간통죄의 법률적 후유증이 무서워서 간통을 하지 않겠는가. 법적인 처벌을 생각할 수 있는 사람이라면 우선 간통을 하지 않을 것이다. 또한 무겁게 처벌하면 할수록 범죄가 사라진다는 제지론(制止論, deterrence theory)이 현실적으로 전혀 효과가 없다는 사실은 대부분의 윤리학자들이 다같이 인정하고 있는 실정이다. 한 마디로 간통을 법으로 다스려서 줄일 수 있다는 생각은 이제 전혀 현실성이 없는 옛날의 이론일 뿐이다.

그리고 최근에 개정된 가족법에는 이혼할 때 재산분할 청구권과 여성의 친권이 보장되어 있다. 그러므로 이제는 간통죄를 없애도 간통자를 민사소송으로 충분히 처벌할 수 있다.

둘째, 간통죄는 언젠가 없어져야 하지만 아직은 시기상조라는 주장이 있다. 이 주장에는 분명히 일말의 진리가 있다. 남편의 외도는 용인되고 아내의 외도는 절대로 용인되지 않고 있는 현재의 이중적인 성윤리가 그대로 존속하는 한, 간통한 아내는 여전히 도덕적 단죄를 받게 되지만 간통한 남성은 지금까지 음성적으로 누려 온 혼외정사가 공식적으로 합법화될 가능성이 충분히 존재하기 때문이다. 그리하여 조성숙은 "간통죄 자체가 후진성을 띤 것은 사실이나, 여성의 성의 자유를 당연한 것으로 받아들일 정도가 된 사회라야 간통죄가 필요 없어지고 성의 자유를 남녀가 함께 누릴 수 있을 것"이라고 결론을 내린다.

그러나 나는 이런 시기상조론을 지지할 수 없다. 우리나라 모든 남성이 진정 의식화되기 전에는 새로운 성윤리를 만들 수 없다는 주장, 이북이 진정한 평화통일을 주장하기 전에 이남은 어떤 통일 정책도 펼 수 없다는 주장, 이 세상이 전부 불국토가 되기 전에는 어쩔 수 없이 사기를 치면서 살아야 한다는 주장, 이런 주장들은 역사를 후퇴시키는 발상이다. 인류역사는 언제나 10년 후에야 할 수 있는 방송을 오늘 하려고 하고, 20년 후에야 받아들여질 성 윤리를 지금 제시하고, 50년 후의 통일을 지금 앞당기려는 선구자들에 의해 발전하는 것이다.

간통은 헌법에 보장된 행복추구권과 신체자유권에

저촉된다. 그리고 간통은 법으로 다스려서 줄어드는 것
도 아니다. 그럼에도 불구하고 우리는 백년하청(百年河
淸)의 기다림만 계속할 것인가.
　이 세상에는 빠르면 빠를수록 좋은 것이 있고, 없을
수는 없지만 없으면 없을수록 좋은 것이 있다. 간통은
후자에 속하지만, 간통죄의 폐지는 전자에 속한다.

왜 '아니오'라고 말하는 여자가 좋은가

나는 1990년에 『나는 '아니오'라고 말하는 여자가 좋다』라는 제목의 에세이집을 출간하면서 많은 사람들로부터 비난을 받았다.

첫째, 나의 바람둥이 남성 친구들은 "황 교수는 황 교수를 좋아하는 여성이 너무 많으니까 거절하는 여성이 좋을지 모르나 보통사람인 우리는 한 사람의 애인도 없는 형편"이므로 내가 동료에 대한 측은지심(惻隱之心)을 결여하고 있다는 것이다. 다시 말해서, 내가 유명인의 처지를 너무 내세운다는 것이다.

둘째, 일부의 순수한 여성들—특히 가정주부들—은 내가 '여성의 No 문화'를 선언함으로써 순박한 여자를 반항적인 여자, 거부하는 여자, 투쟁적인 여자로 돌변시키려고 한다고 비난한다. 즉 나는 시집 가서 아들 딸 낳고 잘 사는 '여자의 길'을 걷고 있는 다수의 여성들을 의도적으로 매도하고 있다는 것이다. 특별한 삶이 언제나 평범한 삶보다 더욱 훌륭한 것이 아님에도 불구하고.

셋째, 사회비평가들은 내가 '아니오'로 대표되는 부정

(否定)의 문화를 강조함으로써 가뜩이나 노사분규·학원사태·정치투쟁 등이 격화되고 있는 현실에 불을 붙이는 역할을 담당하고 있으며, 현재 우리 사회에서 필요한 것은 이런 부정의 문화가 아니라 긍정의 문화라고 주장한다.

다시 말해서, 나는 스스로 지성인으로 자처하면서도 실제로는 지성인의 임무를 수행하지 않고 반항적인 젊은 여성들의 인기에 부합하려는 선정주의에 빠져 있다는 것이다. 지성인의 중요한 임무는 현실을 있는 그대로 묘사하는 일에서 끝나지 말고, 그 현실을 개조하는 대안까지 제시해야 함에도 불구하고.

그러나 이런 비난들은 내가 이 에세이집에서 제시하려는 새시대의 새로운 여성상을 그대로 받아들이지 않고 있는 입장에서의 비판일 뿐이다. 나의 주장은, 결국 "부정이 없는 긍정은 굴종이며, 긍정이 없는 부정은 반대를 위한 반대"일 뿐이라는 입장에서, 필요한 경우에는 분명하게 '아니오'라고 말할 수 있는 개성있는 여성·똑똑한 여성·똑 부러지는 여성의 도래를 기원하는 것이었다.

실제로 우리 사회는 지금까지 'Yes'만 숭배해 온 문화라고 할 수 있으며, 똑부러지게 'No'라고 말하는 사람을 사람답지 않은 사람으로 취급해 왔다. 무조건적인 복종만을 강요한 역사였다. 특히 여성의 경우는 "강아지와 여자는 3일에 한 번씩 때려야 한다"고 말할 정도의 굴종의 역사를 살아왔다.

그러나 똑똑한 여자는 남성이나 사회가 말도 되지 않는 소리를 했을 때 똑 부러지게 거절할 수 있는 여성이다. 그것도 간접화법이 아니라 직접화법으로 거절하는 여성이다. 눈을 똑바로 올려 상대방을 쳐다보면서.

나는 왜 이런 여성을 새 시대에 맞는 새로운 여성이라고 생각하는가?

그 이유는 간단하다. 우리는 현재 민주국가의 국민으로 살고 있으며, 민주국가는 언제나 국민의 자유로운 토론과정을 통한 결론에 의하여 존속하는 것이며, 우리가 진정한 민주시민으로 모든 일을 토론으로 결정하려면 우리는 우리들 자신의 사상을 가지고 있어야 하며, 나의 사상이 다른 사람들의 사상과 상반될 때는 분명하게 '아니오'라고 말할 수 있는 용기를 가져야 하기 때문이다. 다시 말해서, 나는 반항을 위한 반항, 거절 자체에 쾌감을 느끼는 새디스트, 폭력과 파괴에서만 삶의 희열을 느끼는 테러리스트의 문화가 아니라 긍정과 부정이 토론의 과정에서 서로 만나는 민주적인 시민의 문화를 밝히고 싶었던 것이다.

거절 자체가 미덕은 아니다. 그러나 사람은 거절할 수 있어야 한다. 남편에게 반기를 드는 아내가 항상 아름다운 것은 아니다. 그러나 그럴 수도 있어야 한다. 이것이 바로 남녀의 역할이 선천적으로 성별에 의하여 결정되지 말고 상대적인 자격요건에 의하여 결정된다는 역할의 융통성(the flexibility of roles)을 따르는 삶이기 때문이다.

　정부시책에 반대하는 행위가 그저 애국심의 발로가 되는 것은 아니다. 그러나 그럴 수도 있어야 한다. 진정한 애국은 찬성과 반대를 이성에 의하여 판단하는 행위며, 항상 찬성하거나 항상 반대하는 시민은 절대로 민주시민이 될 수 없다.

　한 마디로, 자신의 색깔을 당당히 주장할 줄 아는 여성, 가정생활을 핑계로 자신의 자아성장을 포기하지 않는 여성, 스스로 생각하여 결정하고 그 결정대로 행동하고 그 행동에 대하여 스스로 책임지는 여성, 나는 이런 새 시대의 여성을 '아니오'라고 말하는 여성으로 표현했던 것이다.

　나는 '아니오'라고 말하는 여자가 좋다. 그리고 우리 사회는 이런 여성을 더욱 필요로 한다.

정력과 미용

아무리 기세가 등등한 중년 남성이라도 단 한 마디로 기를 꺾는 방법이 있다. 그것은 바로 '정력에 좋은 비법이 있다'는 말이다. 남의 말은 듣지도 않고 고래고래 자신의 높은 목소리만 내지르던 남성도 그냥 이 말에는 기가 죽는다.

여성의 콧대를 꺾는 가장 좋은 방법은 '미용에 좋다'는 말이다. 피부가 좋아지고, 살이 빠지고, 미인이 된다는 비법이라면 일단 모든 여성은 귀를 바싹 기울이게 된다.

한국 남성들이 정력에 사족(四足)을 쓰지 못한다는 사실은 한때 타일랜드에서는 아무도 먹지 않는 독사의 쓸개를 대량으로 수입하여 정부가 규제까지 하지 않을 수 없었던 '쓸개빠진 해프닝'에 잘 나타나 있다.

타일랜드는 과거 7백 년 동안 외세에 짓밟히지 않고 독립을 유지하고 있으며, 국왕은 불교를 신봉하도록 헌법에 명시되어 있을 정도로 경건한 종교 국가다. 그러나 오늘날 타일랜드는 아시아 국가 중에서도 가장 낙후된 나라로 존재하고 있는데, 이것은 그들이 일상생활에서 가장 많이 사용하는 '마이펜라이'라는 표현에 잘 나타나 있다. 이 말은 대략 '걱정하지 말라'거나 '괜찮다'는 뜻이다.

원래 호랑이와 독사는 정글의 상징이었다. 그러나 타일랜드의 관광객들은 에메랄드 사원이라고 불리는 와트 프라케오(Wat Phrakeo, 와트는 사원이라는 뜻)의 정문 옆에서 독사를 쉽게 볼 수 있다. 그것도 독을 빼서 관광객의 목에 걸어주는 맥빠진 독사다. 하여간 한국 남성들의 정력보강 밝힘증은 결국 그들을 이런 독빠진 독사의 신세로 만들었다.

미용이라면 양잿물도 마시는 여성과 정력에 좋다면 입춘 이전의 개구리나 지네나 독사의 쓸개까지 사양하지 않는 남성, 우리는 이런 현실로부터 몇 가지 교훈을 얻을 수 있다.

첫째, 한국의 남성에게 있어서 가장 중요한 것은 성능력(性能力)이다. 그 이외의 모든 것은 이것을 위한 보조수단일 뿐이다. "아침에 일어나지 않는 놈에게는 돈을 꾸어주지 말라"고 말하는 이유도 여기에 있다.

둘째, 불행히도 한국의 여성은 남성의 이런 왜곡된 편견을 그대로 수용하고 있다. 그리하여 미용이라면 생명까지 바칠 수 있으며, 여기서 말하는 미용은 한 마디로 성적인 매력이다.

셋째, 그러므로 여성들이 속모양보다는 겉모양, 인격보다는 화장, 교양보다는 패션, 지성보다는 감성을 더욱 중요하게 여기게 만든 주범(主犯)은 단연 남성이 아닐 수 없다. 모든 남성들이 하나같이 머리가 깡통일망정 두 다리가 쭉 뻗은 여성만 쫓아다니는 현실에서 여성이 어떻게 교양과 지성만을 찾는 독야청청(獨也靑靑)의 삶을 영위할 수 있겠는가.

여기서 일부 여성들은 이렇게 반박할 것이다. 도대체 겉모양과 육체의 아름다움을 가능한 한 유지하려는 자세가 왜 나쁜 것인가? 그것은 마치 더러운 누더기 옷보다 새 옷을 선호하는 자세와 비슷한 인간의 선천적인 욕망이 아닌가.

그러나 우리는 여기서 겉모양 제일주의가 다음과 같은 문제점을 가지고 있다는 사실을 명백히 인식할 필요가 있다.

첫째, 모든 육체의 아름다움은 아침 이슬의 운명과 같이 오랫동안 지속되지 않는다. 오늘의 젊은이는 내일의 늙은이가 되고, 또한 다른 사람들보다 육체의 아름다움을 조금 오랫동안 유지하는 사람이라도 죽음이라는 인간 운명을 초월할 수는 없다.

둘째, 우리가 육체의 아름다움을 빈 깡통과 같다고까지 말할 수 있는 또 다른 이유는, 그것이 다분히 선천적인 것이어서 우리들의 후천적인 노력이 차지하는 비율이 극히 적다는 사실이다.

나는 『철학적 여성학』에서 이렇게 말했다.

아무리 노력해도 키가 작은 여성은 패션 모델이 될 수 없으며, 흑인으로 태어난 사람은 아무리 화장해도 백인의 피부를 가질 수 없다. 다분히 선천적인 육체의 용모를 자랑하는 것이 허영이 될 수밖에 없는 이유가 여기에 있다.

그렇다. 미국인으로 태어났다는 사실이 자랑스러운 일이 아니며, 한국인으로 태어났다는 사실이 수치스러운 일도 아니다. 콧날이 오똑하다고 해서 그리 으스댈 것도 아니며, 키가 작다고 해서 그리 비관할 것도 아니다.

우리는 우리의 노력으로 얻은 것을 떳떳하게 자랑할 수 있다. 그러나 선천적으로 얻은 것을 자랑하는 것은 그리 현명한 일이 아니다. 그것은 마치 남의 자가용을 타고 으스대는 경우와 다름이 없다. 우리가 다분히 선천적인 육체의 용모를 큰소리로 자랑할 수 없는 이유가 여기에 있다.

셋째, 더 나아가서 아름다움의 기준 자체가 절대적이 아니라 시간과 장소에 따라서 변할 수밖에 없는 상대적인 것이다. 한국의 미인이 서양에서는 추녀일 수도 있으며, 오늘의 아름다움은 내일의 추함이 될 수도 있다.

텔레비전 선전에 나오는 '사랑의 비너스'라는 표현이 있다. 아름다운 여성의 대표로는 로마 신화에 나오는 비너스를 꼽는다는 뜻이겠다.

그러나 오늘날의 기준으로 보면 비너스는 너무 뚱뚱해서 미인의 표본이 될 수 없다. 요즘엔 젖가슴이 없을 정도로 앞뒤가 꼭같이 평면이 되어야 패션 모델도 될 수 있다. 그만큼 미인의 기준이 변했다.

전통적으로 동양에서는 엉덩이가 펑퍼짐해서 아들 3~4명 정도를 쉽게 뽑아낼 수 있는 맏며느리 감이 미인의 기본이었다. 중년 남자들은 어느 정도 배가 나와야 연륜이 돋보인다고 믿었다. 그러나 요즘에는 세상이 변해서, 여성들은 어느 일류 탤런트의 몸매를 그대로 가져야 한다고 믿게 되었으며 남성의 경우는 허리띠의 크기가 수명과 반비례한다고 믿게 되었다. 참으로 세상이 많이 변했다.

더 나아가서, 서양에서도 고대에는 아름다움의 심볼이 여성이 아니라 남성이었다. 근육이 툭 튀어나온 건장한 남성의 나상(裸像)이 여성의 몸매보다 더욱 아름다운 것으로 인식되었다. 그러나 요즘에는 아름다움이라고 하면 당연히 여성을 들고, 그중에서도 섹스 어필을 아름다운 여성의 첫번째 조건으로 받아들이고 있다. 이렇게 보면 이 세상에서 돌고 도는 것은 돈이 아니라 아름다움의 기준이라고 말할 수 있다.

우리는 지금까지 겉모양제일주의의 실태와 문제점을 고찰했다. 그리하여 이 사상은 순간의 아름다움을 영원한 아름다움으로 착각하고 있으며, 다분히 선천적인 것을 후천적인 노력의 결과인 양 착각하고 있으며, 더욱 근본적인 문제점으로는 그런 주장 자체가 시간과 장소에 따라서 상이할 수밖에 없다는 사실을 발견했다.

그렇다고 해서, 미와 추의 차이가 전혀 없는 것은 아니다. 모든 시대는 나름대로의 미녀와 추녀에 대한 기준을 가지고 있으며, 사회적 동물인 인간은 그 기준에 따라서 더욱 아름다운 외모를 가지려고 노력해야 한다. 이런 뜻에서 겉모양에 대한 추구는 모든 인간의 자연스런 욕망이 아닐 수 없다. 다만 우리는 겉모양이 속모양과 조화를 이룰 때만 진정한 가치를 갖게 된다는 진리를 망각하지 말아야 한다.

우리는 아름다움의 기준을 내면적인 심성(心性)에서 찾지 않고 외면적인 신상(身相)에서만 찾는다. 키가 너무 큰 사람은 나지막한 사람이 되려고 노력하고, 키가 너무 작은 사람은 장대같은 사람을 부러워한다. 또한 모든 여성은 마릴린 몬로의 머리칼과 오드리 햅번의 몸매를 추구하는 몰개성(沒個性)의 실수를 범하고 있다.

이제 우리들은 아름다움의 기준을 신체의 구조, 옷차림, 담배 피우는 모습, 악세서리 등에서 찾지 말아야 한다. 이런 기준들이야말로 시대에 따라서 돌고 도는 것이며, 또한 모든 사람들이 동의하는 것도 아니다. 진정한 아름다움은 삶에 대한 성실한 태도, 그 성실한 태도를 정당하게 표현하려는 강력한 의지, 이런 의지를 통해 나타나는 고매한 인격, 그리고 만나는 사람들에게 언제나 감명을 줄 정도의 풍부한 지식과 고상한 유모어 등에서 찾아야 한다.

화장하는 거울 앞에서 하루에도 몇 번씩 오랜 시간을 보내면서도 책다운 책 한 권을 읽지 않는 여성, 내면의 깊이를 외모로 표현할 수 있다고 믿는 여성, 섹시하기만 하면 능력 있는 남성을 낚아챌 수 있다고 믿는 여성, 그들은 아름다움에 대한 '본질적인 착각'에서 빨리 벗어나야 할 것이다. 여기서 착각은 절대로 자유가 아니다.

겉모양은 속모양과 만나야 한다. 그래야 빛이 난다.

왜 여성 신도가 이렇게 많을까

신성한 가정을 지키지 않고 사이비 종교에 빠진 여성들, 특히 이런 가정주부들에 대한 비판이 굉장히 거세게 일고 있다. "할 짓이 없으면 차라리 집안에서 낮잠이나 자라"는 충고로부터 "억울한 것은 그것도 모르고 뼈 빠지게 일해서 집에 생활비를 대어준 남편 뿐"이라는 자못 비탄조의 한숨도 있다.

일반적으로 일부의 신흥 종교를 제외한 대부분 기성 종교의 창시자들은 남성이었지만, 일단 창설된 종교의 명맥을 유지해 온 것은 여성이었다. 그러므로 여성 신도가 남성 신도보다 많다는 것은 전혀 놀라운 사실이 아니다. 그러나 현재 우리나라의 모든 종교에는 여성 신도가 파격적으로 증가하고 있다고 한다. 정확한 통계는 없지만, 여성 신도의 급증은 극히 최근에 일어난 현상이며, 이런 추세는 앞으로 더욱 증가될 전망이다.

왜 우리나라의 기독교·불교·샤머니즘·신흥종교에 공통적으로 여성 신도가 이렇게 물밀듯이 몰리는가. 나는 그 이유를 『삶이 무엇이냐고 묻는다면』에서 다음과 같이 설명했다.

첫째, 경제적으로 오늘날의 주부는 과거에 없었던 여유를 가지게 되었으며, 이런 여유가 '종교심과 헌금 액수를 동일시'하는 기복신앙적 종교에 문을 두드리기가 쉽게 되었다. 새로 급증한 여신도 중에는 최저의 생활층보다는 중산층이 많다는 사실이 이를 잘 증명한다.

둘째, 가정적으로 오늘날의 남편은 고된 직무와 후기 산업사회의 단조로움에 시달리게 되어 자연히 가정보다는 밖에서 휴식과 오락을 찾게 되었고, 그 결과로 주말 과부로 남게 된 주부는 종교에 귀의하기가 쉽게 되었다. 남편이 가정을 유지하기 위한 '돈 버는 기계'로 전락하는 것에 비례해서 여성은 더욱 성스러운 종교의 집회를 찾게 되었다.

셋째, 사회적으로 우리나라는 아직도 여성차별이 그대로 존재하고 있다. 물론 이 장벽을 뚫고 전문직에 종사하는 여성 엘리트가 없는 것은 아니지만 그들은 어디까지나 예외에 속한다. 말로는 '주부 사원 모집'을 외치고 있지만, 현실적으로 평범한 가정주부들이 "수고하고 무거운 짐을 진 사람들은 모두 나에게 오라. 그러면 내가 너희들을 편히 쉬게 해줄 것이라"고 약속하는 종교를 찾는 것은 극히 당연히 귀결이다.

넷째, 이것은 남성에서도 해당되는 것이지만, 정치적으로 자주 돌변하는 정세와 미래를 전혀 예측할 수 없는 안개 정국은 모든 사람들에게 그들의 삶을 구체적으로 설계할 수 없는 실존적인 불안을 준다. 물론 이런 실존적인 불안은 하이데거나 사르트르와 같은 철학자들의 경우와 같이 무신론적 혹은 무종교적으로 귀결될 수도 있지만, 먼 옛날부터 '종교적 동물'의 속성을 듬뿍 가져온 한국인들은 유신론적 종교로 빠지기가 훨씬 쉬울 것이다.

여성 신도의 급증 이유가 모두 부정적인 것만은 아니다. 긍정적으로 여성들은 그들이 지금까지 남성과 사회의 지배를 받아왔다는 사실을 깨닫게 되었으며, 이런 깨달음은 그들에게 적어도 교리적으로는 남녀평등을 외치는 종교 속에서 그들의 새로운 정체성을 찾게 되었을 것이다.

여성들은 이제 진정한 평등이란 말로만의 슬로건적인 평등이 아니며, 구원이란 관념적인 것이 아니라 우리가 지금 여기(here and now)서 지상천국을 건설하는 것이며, 이 지상천국 건설 과정에 여성도 적극적으로 참여할 수 있다는 사실을 여성해방적 입장에서 깨닫게 되었다.

흑인신학(black theology)의 선구자인 콘(James Cone)의 말과 같이, "구원을 받는다는 것은 바로 해방되는 것"이며, 여기서 말하는 해방은 경제적·가정적·사회적·정치적·종교적 해방 중에 어느 하나를 달성하는 것이 아니라 이 모든 해방을 동시에 달성하는—해방신학의 표현에 의하면—'완전한 해방'을 뜻한다는 사실을 여성들이 새삼스레 깨달아서 종교의 문을 찾게 되었을 것이다.

이렇게 보면, 여성 신도의 급증이 전부 좋은 것은 아

니지만 그렇다고 해서 전부 나쁜 것도 아니다. 그러나 그들이 편협되고 폐쇄된 교리에 얽매여서 지나치게 극단화되어 어느 경우에는 남편이 평생 모은 저금통장을 몰래 들고 교단에 들어가거나 혹은 자신이나 남의 생명까지 종교의 이름으로 서슴없이 앗아간다는 것은 극히 심각한 일이 아닐 수 없다.

내가 여기서 꼭 지적하고 싶은 것은, 우리가 이 엄청난 현상의 책임을 전부 여성(혹은 일부의 비정상적인 사람들)에게 돌림으로써 마치 예수를 십자가의 사형에 내어 준 빌라도 총독이 손을 씻으면서 자신의 무죄를 변명하는 듯한 행동을 하고 있다는 사실이다. 물론 "모든 사건 뒤에는 여성이 있다"거나 "여성이 남성보다 사이비 종교에 빠지는 수가 훨씬 많다"는 주장이 현상적으로 일말의 진리가 없는 것은 아니다. 그러나 우리는 이런 현상적인 관찰에 머물지 말고 좀더 본질적인 이유를 추구하는 진지함을 가져야 한다. "나는 당신보다는 성스럽다"(I am holier than you)의 위선적인 태도나 "그놈이 그놈"이라는 패배주의적이며 자조적인 태도는 절대로 문제 해결을 위한 진지한 태도가 아니다.

예를 들자. 우리는 흔히 한국 종교의 병폐를 "이 세상에서 잘 먹고 잘 살자"는 기복신앙(祈福信仰)이라고 말하는데, 이런 지적은 극히 옳은 말이다. 내가 보기에 현재 우리나라에는 여러 종교가 있지만 내용적으로는 샤머니즘 하나만 존재하는 듯이 보인다. 모든 종교가 바로 샤머니즘적 요소에 의하여 발전하고 있기 때문이다.

그렇다고 해서 우리는 우리나라 종교에 여성 신도가 남성 신도보다 월등히 많다는 현상으로부터 여성 신도들이 바로 기복 신앙의 주범이라는 결론을 내리지는 말아야 한다. 한국의 모든 종교가 기복 종교가 된 원인은 이미 지적한 대로 다른 경제적·가정적·사회적·정치적인 아노미 현상에서 올 수도 있기 때문이다.

솔직히 말하자. 여성들이 기복적 인생관을 가지고 있다고 해서, 남성들이 국가와 사회를 위하여 자신을 희생할 수 있는 대승적 인생관을 가지고 있는 것은 아니다. 오히려 여성보다 남성은 더욱 돈과 명예를 추구하고 있으며, 결국 남편의 설계대로 삶을 영위할 수밖에 없는 주부들은 남편의 이런 기복적·현세적·권력지향적 욕망에 순응할 수밖에 없어서 치맛바람을 일으키게 되었다고 볼 수도 있다. 그러므로 "여성의 본성＝기복적 인생관"이라는 도식의 진짜 주범은 남성이며, 여성은 단지 이 도식의 공범자일 뿐이다.

더 나아가서, 나는 이런 현상을 바라보는 기성 종교인의 태도에 큰 문제가 있다는 점을 지적하고 싶다. 그들은 마치 이런 현상의 희생자들을 '불쌍한 죄인들'이나 '무명에 가린 중생들'로 바라보는 강 건너 불의 태도를 취하고 있다.

우리나라에, 더구나 달을 정복한 지가 오래 된 과학적인 시대에, 이런 엄청난 전근대적·비과학적·비종교적 사건이 발생할 수 있었던 근본적인 원인은 어디에 있는가. 그것은 바로 이 땅에서 큰소리 치고 사는 기성 종교인들이 이 나라 국민들이 원하는 '만나'를 주지 못했기 때문에 생긴 것이다.

모든 종교 단체는 종교 단체이기 이전에 사회 단체다. 종교인은 종교인이기 이전에 이미 사회인이다. 종교인이 된 다음에 사회인이 되는 것이 아니라, 우리는 모두 먼저 사회인이며 그후에 우리들의 선택에 의하여 종교인이 된다. 그러므로 모든 종교인은 자신의 구원이나 해탈만을 추구하지 말고 이 사회에서 빛과 소금의 역할을 수행해야 한다. 만약 기성 종교인들이 정말 이 역할을 충실히 이행했다면 어떻게 이런 일이 자주 발생할 수 있겠는가.

남성과 기성 종교인은 이런 현상에 대하여 눈을 똑바로 뜨고, 진정으로 '내 탓이오'라는 참회를 해야 하겠다. 그래야 이런 일이 다시 발생하지 않을 것이다.

현대 여성의 정치불감증

아리스토텔레스의 말을 빌릴 필요도 없이, 인간은 사회적 동물이며, 사회적 동물로서의 인간의 모듬살이에 가장 중요한 영향을 끼치는 것이 정치다. 그래서 인간이 사회적 동물이라는 주장은 곧바로 정치적 동물이라는 뜻으로도 해석될 수 있다.

특히 후진국이나 한국과 같은 중진국에서의 정치적 힘은 거의 절대적이라고 말할 수 있다. 정치와 직접 관련이 있는 정치가들의 생활 뿐만 아니라 일반 국민의 사회생활, 문화생활, 종교생활까지도 정치의 영향력으로부터 완전히 벗어날 수는 없기 때문이다.

그럼에도 불구하고 우리나라 여성들의 정치의식은 낮은 단계를 지나서 거의 한심할 정도라고 말할 수 있다. 이 땅의 절반이 여성임에도 불구하고 지난 13대 국회의원 선거에서는 단 한 명의 지역구 여성의원도 당선시키지 못했으며, 91년 3월 26일에 실시한 기초의회 선거에서는 전국 4천3백3명의 좌석 중어서 1백23명의 여성이 입후보하여 의원 총수의 0.9퍼센트에 해당하는 40명만이 당선되었으며, 그 중에서 무투표 당선인 4명

을 제외하면 정정당당한 경쟁을 통해서는 겨우 36명이
당선되었을 뿐이다.

우리는 이 한심한 현상을 어떻게 설명해야 하는가.
마가렛트 대처와 같은 강철 수상의 출현은 아직 우리
사회의 입장에서 보면 너무 빠른 기대라고 변명할 수도
있겠다. 그러나 최근에는 인디아, 스리랑카, 파키스탄,
방글라데시와 같이 한국보다 분명히 수준이 낮은 나라
들에서도 여성 지도자가 나오고 있지 않은가.

우리는 이 질문에 대한 답변을 얻기 위하려 우선 모
든 여성 문제의 원인은 남성에게 있다는 일반적인 원칙
을 다시 상기할 필요가 있다. 여성을 정치현장으로부터
축출하여 '아름다운 여성'으로 순화시키고, 급기야는 여
성 스스로 정치에 무관심한 것을 바로 여성다움의 대명
사로 착각하게 만들고, 조화와 생산의 여성상을 버리고
경쟁과 파괴의 남성상을 중심으로 정치를 운영하여 결
국에는 여성의 정치불감증에 남성들이 다시 고통을 받
을 정도로 교묘하게 조작한 것은 바로 남성이기 때문이
다. 여성 정치불감증의 구체적인 원인은 무엇인가?

역사: 첫 번째 이유

현대 여성의 정치불감증은 최근에 생긴 것이 아니라
오랜 역사를 가지고 있다. 대한민국 정부수립 이후 제
헌국회부터 지난 13대까지의 의원총수는 2천9백34명
이지만 여성은 61명에 불과하며, 그 중에도 여러 차례
국회에 진출한 경우를 제외한 실제 여성 국회의원은 전

체의 2퍼센트 미만인 42명이며, 이들 중에도 유권자의 직접선거로 당선된 여성은 7명에 불과하고 나머지는 전국구나 유정회 의원들이었다.

어느 기자는 「지방의회 선거를 통해 바라본 한국 여성정치가」(『여성포럼』, 1991년 6월)라는 글에서, 유사 이래 우리 나라 여성정치인을 박순천(5선, 1희는 전국구)·김옥선(3선)·김윤덕(3선, 1회 전국구)·임영신(2선)·김철안(2선)·김정례(2선)·박현숙(2선, 1회 전국구)의 7인으로 압축시켰으며, 최근에 들어와서 "역대 국회의원 총수는 점차 증가하는 반면에 직선에 의해 국회로 진출하는 여성 정치인들의 숫자는 오히려 줄어드는 추세를 보이고 있다"고 진단했다.

지난 기초의회 선거에서 여성은 총후보자 1만1백20명의 1.2퍼센트인 1백23명의 후보자를 내세우고, 당선된 총의원수 4천3백3명의 0.9퍼센트인 40명만을 당선시킬 수밖에 없었던 것은 오히려 당연한 역사적 결과라고 말할 수 있다. 더 나아가서, 우리의 수도권과 대도시가 다른 지역에 비해 여성 당선자가 많은 이유가 두 명 이상 뽑은 선거구에서 남성과 동반당선이 가능했기 때문이라고 본다면, 한국여성의 지독한 정치불감증은 역사적 필연이라고까지 말할 수 있다.

우리는 이런 '역사적인 이유'를 다시 어떻게 설명해야 하는가? 그것은 아무래도 우리들의 전통의식에서 찾아야 할 것이다.

전통: 두 번째 이유

여성론자들이 들으면 환장할 노릇이겠지만, 아직도 우리 주위에는 한국 사회가 절대로 여성억압적이 아니라는 논리가 엄연히 살아 있다. 오히려 "월급봉투에 찌들고, 어쩌다 집에서 쉬는 날이면 마누라와 아이들의 눈치까지 봐야 하고, 복부인에게 겁먹고, 직장에 주눅들린 남성이 많다는 소문이 떠돌고, '여성상위시대'라는 말이 사전에 오르내리는 세상이고 보면, 오늘날은 오히려 남성에게 이상 한파가 몰아닥친 것임에 틀림이 없다"고 한탄하는 남성들도 굉장히 많다.

남성들의 이런 논리는 최근에 나타난 것이 아니다. 오늘날도 마찬가지지만, 조선조의 여성들은 결혼을 해도 성을 갈지 않았으며, 특히 본처와의 이혼은 국가가 아내에게 남편과 상응(相應)하는 칭호를 내리는 등의 제도적 장치를 이용하여 금지하려고 노력했다는 뜻에서 남녀평등은 이미 옛날부터 실현되었다고 주장하는 학자도 없지는 않다. 그러나 내가 보기에 이런 주장은 전혀 근거가 없을 뿐만 아니라 한때—청문회에서 유행했던 표현을 빌리면—위증의 경우에 속한다. 나는 이유를 『남자의 눈물, 여자의 웃음』에서 이렇게 말했다.

첫째, 인간은 단세포 동물이 아니다. 인간이 펼치는 삶이란 정치, 경제, 종교, 문화, 이념 등 무수히 얽히고 설킨 요인들의 상호충돌로 전개되는 것이다. 그 중에서 어느 한 측면으로 삶 전체를 판단하는 일은 코끼리를 만지는 소경의 단세포적 오류를 범하는 것이다.

둘째, 조선조 여성이 결혼을 하고도 성을 갈지 않았다는 것은 오히려 그만치 혈연관계(血緣關係)가 절대시되었다는 증거며, 본처와의 이혼을 죄악시한 것도 그만치 가부장적 대가족제도를 고수하려는 의도로 볼 수 있다. 마치 오늘날 남성이 '돈버는 기계'로 전락하건서까지 여성을 가정에 묶어두려는 것도 여성차별적인 '자본주의의 속성'에서 벗어나지 못한 데서 온 것이듯이.

제도: 세 번째 이유

우리는 흔히 법적으로나 제도적으로 여성의 정치참여를 금지하거나. 제한하고 있지는 않으며 다만 여성들의 정치의식이 낮아서 이런 현실이 그대로 유지되고 있다고 생각하기 쉽다. 그러나 우리는 여성차별이 과거의 역사나 전통에서 뿐만 아니라 현재도 제도적으로 보호받고 있다는 엄연한 사실을 간과하지 말아야 된다. 모든 법과 제도는 결국 그것을 만들고 수행하는 사람들의 의식을 반영하고 있다.

나는 과거 10년 이상 소지하고 있던 미국 국적을 포기하고 다시 한국 국적을 회복했다. 그런데 우리나라에서는 남편이 국적변경을 하면 아내는—본인의 의사와는 관계없이—무조건 남편을 따라서 국적변경을 해야되도록 규정되어 있다. 남편이 죽으면 따라서 죽어야한단 말인가. 나는 너무 기가 막혀서 만약 내가 한국여성이 아닌 미국여성과 결혼해서 사는 경우는 어떻겠느냐고 물었다. 신민당의 부총재인 문동환 씨가 외국인과 살고 있다는 말을 들었기 때문이다. 그랬더니 그 경우에는 혼자 국적변경을 할 수 있다는 것이다. 도대체 앞뒤가 맞지 않는 법적 규정이다. 결국 나의 고충을 이해한 아내가 미국 국적을 같이 포기하기로 결정하여 나도 한국 국적을 회복할 수 있었다. 이것이 바로 법률에 의한 여성차별의 생생한 실례다.

이런 여성차별에 대한 구체적인 처방책으로는 두 가지를 생각할 수 있다.

첫째, 여성의 정치 참여를 권장하기 위한 쿼터제를 실시해야 한다. 모든 의원 선거에서의 여성 공천할당제, 사무총장이나 분과위원장 등의 여성 임명할당제, 그리고 모든 의회의 여성 의석할당제를 실시해야 한다. 외국의 경우와 같이.

박기철 기자는 「한국에도 여성 대통령 가능한가?」(『여성포럼』, 1991년 6월)에서 이렇게 말했다.

"대만처럼 국회의석의 10퍼센트를 여성에게 할당하는 경우도 있으며, 1979년 프랑스는 정부 선거법을 개정하면서 지방자치의회 후보에 어느 한 성이 80퍼센트 이상을 차지하지 못하도록 규정했으며, 노르웨이 자유당의 사회좌파당은 남녀 공동비율로 국회의원을 공천하도록 당규로 규정되어 있다.

둘째, 여성 정치지망생을 돕는 사회단체가 많이 나와야 된다. 현재 우리나라에는 최근에 '정치참여를 위한 범여성모임'과 같은 몇몇 단체가 나왔지만 전국적으로 보면 거의 전무한 상태다. 그러나 미국에는 전국여성조직

(NOW)이나 전국여성정치연맹(NWPC) 등에서 유능한 여성 후보를 적극적으로 발탁하고 훈련시키고 돕고 있다.

특히 영국에는 '300Group'이라는 전국적인 조직이 있다. 이것은 의회정치의 선진국으로 칭송받고 있는 영국에서 1979년 영국 역사상 최초의 여성수상이 배출되었을 때도 650명의 국회의원 중에서 4퍼센트가 되지 않는 19명의 여성 의원만이 선출된 것을 기회로, 1980년 당시 영국 하원의 조사원으로 일하고 있던 아브델라(Lesley Abdela)가 창설했다. 첫째는 여성들에게 공적 지위에 필요한 적절한 기술 습득의 기회를 제공하고, 둘째는 공공분야에서 여성의 참여가 더욱 필요하다는 국민의 인식을 확대시키며, 셋째로는 여성 정치 지망생들에게 구체적인 정보와 자원은행을 제공하기 위해서다. 한국에도 이와 유사한 단체가 더욱 많이 발생하기를 바란다.

셋째, 끝으로 나는 여성 정치지망생이나 기성정치인에게 그들의 역량에 따라 구체적으로 정치자금을 융자해주거나 지원해 주는 제도의 신설을 제안한다. 그리고 지자제 선거법과 같이 돈 없는 사람들의 정치입문을 제도적으로 금지하는 사항 등은 하루속히 사라져야 한다. 정치가 '돈 놓고 돈 먹기'가 아닌 진정한 예술이 되려면.

이제 우리는 여성의 정치불감증을 조장하는 법률적 및 제도적 장치가 혁신적인 정치가들에 의해 개혁 및 폐지되지 않는한 이 문제에 대한 해결은 나오지 않는다는 엄연한 사실을 솔직히 인정할 필요가 있다. 동시에 우리는 이 불감증의 가장 큰 원인이 여성 자신들의 의식구조임을 지적할 필요가 있다.

여성: 네 번째 이유

한국여성정치연구소가 전국 20세 이상 남녀 1천21명을 대상으로 실시한 전화 여론조사에 의하면, 지난 기초의회 선거에서 여성 후보자가 예상보다 훨씬 적었던 이유는 '정치하는 여성에 대한 사회의 인식부족'이 46.3퍼센트로 가장 높고, 그 다음으로 '조직이 없고 선거운동의 경험부족'이 25.1퍼센트, 그리고 그 다음으로 '여성들이 여성 후보자를 지원하지 않는 현상'이 10.5퍼센트로 나왔다. 그리고 역사적, 전통적, 제도적 불평등을 딛고 정치에 입문하려는 여성을 여성이 지지하지 않는 경우는 13.2퍼센트로 남성의 7.6퍼센트보다 훨씬 높게 나타났다. 실로 여성의 적은 여성이라는 사실을 단적으로 증명하는 통계다.

또한 한국여성유권자연맹이 여덟 개 도시 여성유권자 1천41명을 대상으로 실시한 '국회의원의 활동평가에 관한 정치 의식 조사'에 의하면, 우리나라 여성 유권자들 중 열 명에 세 명은 자신이 거주하는 지역 국회의원의 성명조차 모르고 있으며, 후보가 출마하면서 내세운 공약을 83.9퍼센트에 달하는 여성 유권자들이 전혀 모르고 있었던 것으로 나타났다. 참으로 한심한 일이다.

일찍이 한국가정법률상담소의 이태영 소장은 1991

년 4월 29일 세계 탁구선수권 대회에서 남북의 단일 여자선수팀이 16년의 중국 아성을 무너뜨리고 승리하는 광경을 보면서 이렇게 말했다.

우리 더도 말고 둘씩 둘씩만 만납시다. 둘이 합하는 데 이북사람 하나씩만 끼웁시다. 그래서 남북한 사람들을 한 명씩 한 명씩 연결시킵시다. 합한다는 것이 이렇게 중요하다는 것을, 조건없이 만나서도 훌륭한 성과를 얻을 수 있었다는 것을, 우리는 이번에 깨닫지 않았습니까? 그리고 성공하지 않았습니까? 그런데 올라가 보지도 않고 뫼만 높다고 그동안 불평만 하고 있었으니, 이런 어리석음이 어디 있겠습니까?

그렇다. 여성들은 지금까지 '뫼만 높다고 불평'만 했다. 이제는 서로 만나는 구체적 작업을 벌여야 하며, 그러기 위해서는 누군가가 순교자적 선구자의 모습을 직접 실천해야 할 것이다. 그리고 일반시긘은 이번 지자체 선거에 15명의 참신한 후보를 낸 시민연대와 같은 시민 단체에 적극적으로 참여하여, 모든 문제를 개인화 및 가정화시키는 종래의 해결책을 버리고 이웃과 같이 문제의 근원적 해결책을 찾으려고 노력해야 할 것이다. 이것이 바로 병의 증상은 치료하면서도 병의 근본 원인을 치료하지 못한 데서 온 여성의 정치불감증을 치료하는 길이다.
이 병은 참여에 의해서만 치료될 수 있다.

세상이 변했다

　세상이 변했다. 그것도 조금 변한 것이 아니라 굉장히 변했다. 그럼에도 불구하고 이렇게 변한 세상에서 아직도 옛날 식으로 생각하고 말하고 행동하는 사람들이 있다. 참으로 한심한 일이다.

　옛날 월급쟁이는 그저 시간만 보내면 월급을 탈 수 있었다. 그래서 샐러리맨이 해야 할 일은 '시간 죽이기'라고 말하기도 했다. 그러나 요즘의 직장인은 계속 새롭게 쏟아지는 정보를 흡수하고 소화해야 하고, 제약회사 직원은 신제품의 내용을 새로 공부해야 한다. 거기에다가 인간관계가 이젠 경쟁의 관계로 변했다. 같은 날 입사해서 한 사람이 계장이 되면 다른 사람은 될 수 없다. 이런 판국에 어떻게 과거의 낭만적인 직장생활이 가능하겠는가.

　가정주부의 역할도 변했다. 옛날에도 도시락만 싸주면 자녀들은 그저 학교에 갔다. 그런데 요즘은 웬일인지 숙제도 같이 해야 하고, 어느 경우에는 답안지에 싸인까지 해야 하고, 어려운 산수문제를 가지고 아이와 씨름을 해야 한다. 그래서 이젠 "초등학생의 점수는 어머니 점수"라는 말이 있다. 어머니가 얼마나 많은 시간을 자녀와 함께 보내는 데 비례하여 성적이 올라간다는 뜻이다.

젊은 남성도 변했다. 내가 대학에 다닐 때만 해도 시간만 있으면 막걸리를 마시면서 실존주의 소설을 토론하곤 했다. 그러나 요즘 대학생들은 소주를 마시고 그냥 악을 박박 쓰든지, 신나게 디스코장에서 흔들어대든지, 조금 진지하다고 자처하는 학생들은 이념이나 사랑 이외의 것은 말조차 하지 않으려 한다. 옛날보다 더욱 똑똑해지고 더욱 솔직해지고 더욱 도전적으로 되었다.

젊은 여성도 변했다. 옛날의 남녀 7세 부동석은 이제 남녀 7세 자동석으로 변했다. 대학생들이 즐기던 남녀간의 미팅도 이제는 고등학교 시절에 마스터를 해야 된다는 말이 있을 정도다.

미팅을 해도 옛날 같은 플라토닉 러브는 이제 시대 착오적인 발상으로 인식되고 있다. 그래서 요즘 젊은이들은 '백고이불여일불'이라는 새로운 슬로건을 믿고 있다. 백 번의 고고춤이 한 번의 부루스를 따라갈 수 없다는 뜻이다. 특히 대낮에 연인끼리 손을 잡고 행길을 건널 수 있다는 사실, 이것은 나의 세대에게는 상상도 할 수 없는 일이다.

물론 이런 변화가 전부 좋은 것은 아니다. 그래서 보수주의자들은 '요즘 젊은것들은…' 하고 상을 찌푸린다. 그러나 분명한 사실은 세상이 이미 변했다는 사실이다.

그러므로 새 시대를 사는 사람은 이미 시대가 변했다는 사실을 부인하지 않는다. 그리고 새 시대에 맞는 새 사람이 되려고 노력한다.

올챙이는 조만간 개구리가 되어야 한다. 영원히 올챙이로 남을 수는 없는 노릇이다.

옛날에는 암탉이 울면 집안이 망한다고 했다. 그러나 이젠 암탉이 울면 알을, 어떤 경우에는 황금알을 낳는다.

세상이 변했다.

■수필로 쓴 연보(황필호)

▶키는 164세티. 몸무게는 64킬로. 텔레비전에서 나를
보아온 사람들은 내가 키가 훌쭉하게 큰 미남
이 아니라 난쟁이 똥자루만한 나의 의모에 실
망하기가 일쑤다. 가끔 텔레비전에서 볼 때마
다 더 젊게 보인다고 말하는 사람들이 있지
만, 나는 그것이 그저 나를 위로해 주려는 의
도에서 나왔다는 사실을 알고 있다.

그러나 사람을 절대로 외모로 판단하지 말아
야 한다는 것이 나의 평소 신념이다.

▶아호는 우공(又空)이다. 원래 아호는 그 사람을 가장
잘 나타내는 것이거나 그 사람에게 꼭 필요한
부분을 나타내는 것으로 알고 있다. 우공은
'비우고 비우고 또 비운다'는 뜻이므로 나의
경우는 후자에 속한다. 「나는 이런 사람입니
다」에서 말했듯이, 나는 오지랖이 넓은 호사
가(好事家)며 욕심쟁이라 우선 하고픈 욕망의
숫자를 줄이는 것이 절대로 필요하다고 생각
하기 때문이다. 더구나 나는 이제 '하고픈 일'

보다는 '할 수 있는 일'만 해야 되는 나이가 되지 않았는가.

젊은 시절에 나는 낙엽을 좋아해서 몇 년 고심 끝에 '하나의 낙엽'을 뜻하는 황일엽(黃一葉)이라는 아호를 만들었는데, 나중에 김일엽 선사의 『청춘을 불태우고』를 읽은 다음에는 그 아호에 대해 실망하기도 했다. 또한 동국대 목정배(睦楨培) 교수는 '필공'(畢空)이라는 아호를 액자에 써서 나에게 주기도 했으나, 이것은 선(禪)의 최고 경지를 나타내는 것이라 나에게 너무 과분할 뿐만 아니라 나의 이름에 나오는 '필'(弼)자와 발음이 같아서 쓰지 않았다.

우공은 한문학자 성백효(成百曉) 선생님으로부터 받은 것인데, 내가 불교 전용이라고까지 할 수 있는 '공'(空)자를 아호로 갖게 된 것은 아마도 동국대학교 선생질 10년 동안의 가장 큰 수확이라고 할 수 있다.

나는 '선상인'이라는 가명도 가끔 쓰는데, 이것은 내가 학문과 생활·성(聖)과 속(俗)·종교와 철학·철학과 문학의 경계선에 있는 사람이라는 이화여대 소홍렬(蘇興烈) 교수의 언급에서 힌트를 얻은 것이다. 그러나 나는 선상인(線上人)을 그냥 한글로 쓴다. 이 외에도 나는 몇 개의 가명을 갖고 있다.

▶ 취미는 '독서'라고 하고 싶지만, 이것은 너무 시건방
진 태도로 보인다. 젊은 시절에는 조깅과 테
니스를 즐겼지만 요즘에는 등산을 사랑한다.
어진 사람(仁者)이 되기는커녕 아직 아는 사
람(知者)도 되지 못한 주제지만.

내가 아직 '아는 사람'이 되지 못한 가장 중
요한 이유는 내가 본질적으로 '묻는 사람'(問
者)이기 때문이다. 나는 답변하기보다는 묻기
를 좋아하고, 나와 의견이 다른 사람들에게는
계속 묻고 싶다. 묻는 일은 나의 평생 취미며,
아마도 나는 끝내 묻는 사람으로 죽을 것이
다.

1937년 9월 29일(음 8월 25일) 충북 괴산군 증평읍
중동 928에서 법학자인 황수성(黃壽成)과 평
양신학교를 다닌 정순해(鄭順亥, 일명 元敬)
의 1남 3녀 중 장남으로 태어났다. 원래 어머
니는 기독교에 귀의하여 평생 독신으로 살려
고 가출하여 만주까지 갔다가 우여곡절 끝에
결혼하게 되었다.

1943년 나는 당시 우리 가족이 살고 있던 만주 돈화
를 떠나서 조부(黃再龍)의 권유로 혼자 조선
땅에서 살고 있다가 증평초등학교에 입학했
다. 그러나 한국말과 중국말밖에 모르던 나는
일본말을 강요하는 학교에서 매일 매를 맞았
다.

1945년　해방이 되자 한글로 된 책을 마음대로 읽을
　　　　수 있었던 나는 하루 아침에 열등생에서 우등
　　　　생이 되었다.
　　　　　과부가 되어 만삭의 몸을 이끌고 조선으로
　　　　나온 어머니는 유복녀인 막내동생을 낳았다.
1950년　6·25전쟁으로 그럭저럭 살만하던 집안이 완
　　　　전히 풍비박산이 되었고, 그때부터 나는 신문
　　　　팔이·찹쌀떡 장수·구두닦이·가정교사 신세
　　　　로 전락했다. 한때 둘째동생은 고아원에서 살
　　　　기도 했고, 우리 가족은 이북 따라지들이 사
　　　　는 모자원(母子院)에서 있었다. 분명히 우리
　　　　는 따라지가 아님에도 불구하고.
1956년　청주중·고등학교를 졸업하고 서울대학교 문
　　　　리과대학 종교학과에 입학했다. 고등학교 시
　　　　절에는 공부보다 신앙 생활에 열중하여 신학
　　　　성서를 거의 1백독 하기도 했다.
1959년　대학에 들어와서는 마로니에 공원에 있던 중
　　　　앙도서관을 제일 먼저 들어가서 제일 늦게 나
　　　　오는 학생이 되려고 노력할 정도로 닥치는 대
　　　　로 책을 읽었다. 그 과정에서 나는 키에르케
　　　　고르를 나의 우상으로 작정했으며, 그래서 "나
　　　　도 키에르케고르처럼 결혼하지 않겠다"는 독
　　　　신주의를 선언하기도 했으며, 결국 나는 학사
　　　　학위 논문으로 「기독교와 사회: 키에르케고르
　　　　적인 접근」을 제출했다. 그러나 나는 3학년 2

학기 등록금을 어느 창녀에게 바치고 자원 입대했다.

1961년　탈영과 15일 간의 영창 생활로 얼룩진 학보병 졸짜 군대 생활을 마치고 제대했다. 그러나 나는 4·19와 5·16이라는 역사적인 사건 때 군에 있으면서 현장에 없었다는 죄책감을 오랫동안 가지고 있었다.

1962년　목구멍이 포도청인 시절, 대학을 졸업하자마자 미군 부대에서 보석을 파는 고려수출(주)에 입사했다. 그 전에는 당시 개원한 Medical Center의 야간 전화교환원으로 일했다. 보석 반지를 다루면서 사람이나 보석은 가짜일수록 더욱 화려하다는 사실을 깨달았다.

1964년　기생오라비로 살아야 하는 여행사(C. F. Sharp & Co.)에 입사하여 미군부대 지아이들에게 '딱지 장사'를 시작했다.

1968년　한국광학(주)의 월남 지사장으로 '만족한 돼지'의 삶을 시작했는데, 당시 내가 어머니의 눈물을 뿌리치고 생명이 위태로운 월남행을 결행한 것은 돈은 벌기 위해서가 아니라 나의 삶에 너무나도 큰 자리를 차지하고 있는 어머니를 떠나 홀로서기를 하기 위한 것이었다.

1969년　PACEX EXCHANGE의 콘세션 감독관으로 자리를 옮겨서 미국 정부의 종업원이 되었다 (GS-7). 그러나 직속 상관과 된통 싸움을 하여 곧 쫓겨났다.

1970년　새한칼라(주)의 사이공 본부 영업부로 자리를 옮겼다. 그러나 한달간의 휴가를 받아 세계일주를 떠나서 연락도 없이 3개월 만에 서울에 도착했더니 벌써 모가지가 날아간 다음이었다.

1971년　다시 월남으로 들어가 Chu Lai 지역에서 보따리 장사 노릇을 하면서 거의 긁어모을 정도로 돈을 벌었다. 포커 노름으로 한국에 있는 집을 날리기도 했다.

1972년　4월 1일 강석환(姜錫煥)의 딸 인자(仁子)와 만난 지 20일 만에 약혼식도 없이 결혼식을 올렸는데, 독신주의자였던 나의 신념이 내가 미국에 정착하기 이전에 결혼을 해야 한다면서 벌써 몇 개월째 식음을 전폐한 어머니의 설득에 꺾인 것이었다. 전혀 모르는 여성과의 도둑 결혼식, 그것도 만우절날의 결혼식, 그날 나는 예식장 직원과 주먹을 치고받는 싸움을 했으며, 만우절 결혼의 소감을 묻는 어느 방송국 기자에게 "나중에 진짜로 다시 한 번 할 것입니다"라고 답변했으나, 아직도 그것을 실천하지 못하고 있으며, 아마도 영원히 못할 것이라고 추측한다.

1972년　4월 29일 신혼의 아내를 한국에 팽개치고 어머니만 모시고 미국으로 가서 첫째 여동생이

사는 뉴욕에 잠시 있다가 오클라호마 주에서 가
장 큰 신문사인 Daily Oklahoman/ Oklahoma
Times의 Pauls Valley 지국장으로 정착했는데,
이 도시는 외국인이라고는 나 하나밖에 없는
전형적인 보수적 바이블 벨트 지역이었다.

1973년   2월 지금까지의 삶에 대한 구토증에 시달리
다 못해 방향을 확 바꾸어 살기로 결심하여
오클라호마 대학교 철학과 대학원생이 되었는
데, 사회생활을 시작하여 만 11년이 지난 다
음이었다.

1973년   3월 26일 입학한 지 한 달도 되지 않아 나의
일생을 바꾸어 놓은 교통사고를 당했다. 오클
라호마와 달라스를 연결하는 35번 고속도로를
달리다가 나의 잘못으로 당한 것인데, 나중에
알고 보니 옆에 있던 어머니는 갈비뼈가 몇
개 부러지고 나는 즉석에서 정신을 잃고 두
번의 대수술을 받은 지 3일 만에 깨어났다.
그때부터 나는 재수술을 받은 94년까지 11년
동안 오른쪽 허벅지에 5개의 플라스틱 핀을
품고 살았다.

1973년   6월 29일 아내가 미국으로 합류했으나 매일
부부싸움으로 밤을 지새웠다.

1975년   3월 「아리스토텔레스와 퍼스에 있어서의 우
연(偶然)의 문제」라는 논문으로 오클라호마
대학교 철학과 석사학위를 받았다. 우연의 문

제를 쓰게 된 동기는 '도대체 왜 나에게 이렇게 엄청난 사고가 발생했는가?'를 골똘히 생각하다가 혹시 이 세상에 아무런 원인도 없이 그냥 결과만 생산하는 순수한 우연(pure chance)이 있지 않을까 하는 생각에서 나왔다.

1975년 10월 13일 장남 우중(일명 폴)이 태어났다.

1978년 3월 덕성여대 교양학부 조교수로 취임했는데, 여기에는 현재 서울대학교 종교학과에 있는 나의 친구 정진홍 교수의 도움이 컸다.

1978년 8월 「맹자의 인성론에 대한 비판적인 고찰: 공자와 칸트를 중심으로」라는 논문으로 오클라호마대학교 철학과에서 철학박사 학위를 받았다. 처음에는 「A Humanistic Interpretation of Marx」라는 제목으로 쓰려고 했으나 여러 가지 이유로 포기했다.

1978~1979년 서울대학교 종교학과, 이화여자대학교 기독교학과 강사로 일했다.

1979년 미국 NEH(National Endowment for Humanities) 특별 장학금을 받았다.

1979년 9월 18일 차남 세중(일명 피터)이 태어났다.

1980년 매년 여름 방학마다 공부한 결과로 세인트 존스대학 교육학과에서 「플라톤의 『공화국』에 있어서의 시(詩)의 문제」라는 논문으로 석사 학위를 받았다.

1981년　3월 동국대학교 철학과 교수로 자리를 옮겼
　　　　다. 여기에는 여러 가지 이유가 있으나, 우선
　　　　불교를 옹골차게 공부하겠다는 것이 가장 중
　　　　요한 동기였다.

1982년　현재까지 KBS TV의 「세상 만사」, 「사랑방
　　　　중계」, 「여성 초대석」, 「아침 마당」, 「나의 사
　　　　랑, 나의 가족」, MBC TV의 「현장 인터뷰,
　　　　그 사람」, 「용기 100배, 희망 100배」, SBS
　　　　TV의 「사랑의 징검다리」 등에 출연하여 탤런
　　　　트 교수가 되었다. 또 종교철학 뿐만 아니라
　　　　여성철학·사회철학 등에 관여하여 호사가라
　　　　는 별명을 얻었으며, 다른 한편으로는 수필과
　　　　수필 평론에 관심을 기울였다.

1990년　12월 20일 동국대학교를 떠나 야인이 되었다.

1991년　7월 1일 계간 「어느 철학자의 편지」를 창간
　　　　했다.

1993년　2월 22일 사단법인 '생활철학연구회'의 이사
　　　　장으로 취임했다.

1994년　1월 교통사고 21년만에 미국에서 5개의 핀
　　　　중에서 3개를 빼내고 Hip Joint를 갈아끼우는
　　　　고관절 수술을 받았다.

1994년　3월 31일 현대수필문학상을 받았다. 수필가
　　　　로 정식 데뷔조차 하지 않은 철학자에게 준
　　　　최초(?)의 수필상이었다.

1996년　10월 30일 오후 3시 흥사단 강당에서 『문학

철학 산책』과 『서양종교철학산책』의 출판을
기념하는 강연회를 가졌는데, 수필가 이정림
씨와 한림대 송상용 교수가 축하강연을 해주
었다. 이것은 번역본을 포함해서 30번째 저역
서를 기념하는 첫 번째 출판기념회였다. 그동
안 이런 행사를 한 번도 정식으로 갖지 않은
이유는, 우리 사회에서 유행하는 출판기념회
가 오히려 반(反) 문화행사라고 생각했기 때
문이다.

1996년　9월 한국철학회 부설인 '논리논술 대학원'의
원장으로 추대되었다.

1997년　5월 17일 흥사단 강당에서 『우리 수필 평론』
과 『생활과 철학은 만날 수 있는가』의 출판을
기념하는 강연회를 가졌는데, 서울대 김태길
명예교수, 서울대 정진홍 교수, 이화여대 소
흥열 교수가 축하강연을 해 주었다.

1997년　7월 1일 지난 1991년의 창간호부터 23호까
지 한 번도 거르지 않고 발행했던 계간 『어느
철학자의 편지』를 재정적자로 인해 폐간했다.
아마도 이것은 내 일생에서 가장 가슴아픈 원
한으로 남을 것이다. 그러나 나는 이 사건을
계기로 해서 '운동가'보다는 '학자'로 나의 삶
을 마치기로 결심했다.

1997년　서울대학교 종교학과 총동창회장(임기 2년)
으로 피선되었다.

1998년   2월 강남대학교 종교철학과의 전임교수로 임
         명됨으로써 동국대학교를 떠난 지 7년 만에
         야인의 신세를 면했다.
1998년   11월 25일 강남대학교에서 편역서 『철학적
         조각들』(S. 키에르케고르 원저)의 출판을 기
         념하는 강연회를 가졌는데, 서울대 정진홍 교
         수와 강남대 최상욱 교수가 서평강연을 해주
         었다.
현재: 1990년부터 한국종교철학회장, 한국비교철학회
         장, 서울 YMCA 위원, 수필문우회 동인으로
         있다.
           1993년부터 사단법인 생활철학연구회의 이
         사장으로 봉사하고 있다.
           1999년 8월부터 한국종교학회 회장으로 일
         하고 있다.
           강남대학교 종교철학과 교수로 재직하고 있다.

저서 및 역서 목록

■종교철학 시리즈

1.『소크라테스, 불타, 공자, 예수, 모하메드』(칼 야스퍼스 외), 종로서적(편역), 1980.

2.『석가와 예수의 대화』(캐린 듄 외), 종로서적(편역),1980.

3.『종교철학 개론』(존 힉), 종로서적(역저), 1980. (1980년 문교부 추천 도서).

4.『철학적 인간, 종교적 인간』, 범우사, 1983. (1984년 국립중앙도서관 추천 도서)

5.『종교란 무엇인가』(폴 틸리히), 전망사, 1982.

6.『위대한 종교가들』(헨리 토마스), 종로서적, 1983.

7.『분석철학과 종교』, 종로서적, 1984.

8.『비교철학 입문』(A.J. 베임 외), 철학과 현실사(편역), 1989.

9.『종교철학자가 본 불교』, 민족사, 1990.

10.『서양종교철학 산책』, 집문당, 1996.

11.『철학적 조각들』(S. 키에르케고르), 집문당(편역), 1998.

■사회철학 시리즈

1. 『이데올로기, 해방신학, 의식화 교육』, 종로서적, 1985.

2. 『비폭력이란 무엇인가』(M. 간디 외), 종로서적(편저), 1986.

3. 『자기철학을 가지고 살려는 사람에게: 일의 철학, 삶의 철학』, 산호, 1993.

4. 『생활과 철학은 만날 수 있는가』, 종로서적, 1996.

5. 『모든 생활은 철학이다』, 창해, 1997.

■ 여성철학 시리즈

1. 『철학적 여성학: 꽃과 별의 만남을 위하여』, 종로서적, 1986.

2. 『산아제한과 낙태와 여성해방』(교황 바오르 6세 외), 종로서적(편역), 1990.

3. 『울고 있던 그녀가 어느새 주먹을 꼭 쥐네: KBS「여성 초대석」에 비친 한국여성의 고민들』, 범우사, 1990.

■ 문학철학 시리즈

1. 『문학철학 산책』, 집문당, 1996.

2. 『우리 수필 평론』, 집문당, 1997.

■ 대중문화 시리즈

1. 『누가 최고 스타인가: 대중 철학자가 본 한국의 대중 스타들』, 열린 문화, 1994.

■ 철학수필 시리즈

1. 『길 위에서』, 종로서적, 1984.

2. 『삶이 무엇이냐고 묻는다면』, 자유문학사, 1991.

3. 『모든 사랑은 첫사랑이다』, 자유문학사, 1987.

4. 『사랑은 질투가 아니다』, 자유문학사, 1991.

5. 『남자의 눈물, 여자의 웃음』, 샘터사, 1989.

6. 『나는 '아니오'라고 말하는 여자가 좋다』, 풍경, 1990.

7. 『여자는 왜 결혼하는가』, 풍경, 1991.

8. 『나는 뛰는 여자가 좋다』, 풍경, 1991.

9. 『이런 철학으로 살고 싶다』, 산호, 1993. (1994년 현대수필문학상 수상)

10. 『어느 철학자의 편지』, 소프트 킹덤(편저), 1998.

11. 『삶이 내게 가르쳐 준 것들』, 자유문학사(편역), 1998.

12. 『철학이 있는 사람이 아름답다』, 창해, 1998.

■ 여행수필 시리즈

1. 『벌거벗은 한국인: 황필호 세계일주 여행기』, 공화출판사, 1972(현재 절판).

2. 『설악산, 킬리만자로, 백두산』, 신아출판사, 1999.

황필호 수필선
꽃과 별의 만남

1판 1쇄 발행/1999년 4월 10일
1판 2쇄 인쇄/2006년 4월 15일

지은이/황필호
펴낸이/이선우
펴낸곳/도서출판 선우미디어

등록/1997. 8. 7 제2-2416호
100-193 서울 중구 을지로3가 104-10
신성빌딩403 ☎ 2272-3351, 3352 팩스: 2272-5540

Printed in Korea ⓒ 2006 황필호

값/4,000원

잘못된 책은 바꿔 드립니다

ISBN 89-87771-45-8 04810
ISBN 89-87771-09-1 (세트)